© 2018 Riichu
검사를 목표로
입학했는데
마법적성
9999
라고요?!
7
저자 : 넨쥬무기챠타로
일러스트 : 리이츄

우와아……
예뻐요…….
© 2018 Riichu

로라의 열 살 생일은
국가 규모의 서프라이즈 파티로♥

!!
앗, 모녀가 너무 닮았어요?!
샬롯의 집에 방문해요♪

© 2018 Riichu
어머나~ 샬롯! 돌아왔군요!
크리스티나 가자드
샬롯의 어머니
평상복이 완전 화려하다.

위험…… 해요……
더는, 못 버텨요…….
경이로운 고대 병기 「고타쓰」에
로라 엄청난 대위기?!

내 이름은 마더 고타쓰.
인간 아이들아,
행복한 잠을 선사하겠다.
© 2018 Riichu

검사를 목표로 입학했는데 마법적성 9999라고요?!

7

저자 : 넨쥬무기챠타로
일러스트 : 리이츄

CONTENTS

— 목 차 —

검사를 목표로 입학했는데 마법적성 9999라고요?! 7

저자 : 넨쥬무기챠타로
일러스트 : 리이츄

제 1 장 하쿠의 다이어트 작전이에요

12월도 중순에 접어들어, 이미 완연한 겨울이었다.

어제는 첫눈이 내렸을 정도다.

눈을 보고 흥분한 로라는 수업 중에 계속 창밖을 바라보는 바람에 담임인 에밀리아에게 야단맞고 말았다.

아쉽게도 그 눈은 쌓일 정도로는 내리지 않고, 방과 후 무렵에 녹아버렸다.

눈싸움을 못 해서 유감이다.

빨리 눈을 가지고 놀고 싶다고 로라는 생각했다.

그리고 로라에게는 그것 말고도 큰 고민거리가 있었다.

"요즘, 머리가 너무 무거워요…… 혹시, 무슨 병일까요……?"

그 고민을, 큰맘 먹고 두 절친에게 물어보기로 했다.

아침의 학교 식당에서 로라의 고민을 들은 샬롯과 안나는 각자 아침을 먹으면서 로라를 찬찬히 바라봤다.

아니.

정확히는, 그 시선은 로라의 머리 위에 쏠려 있었다.

"확실히 듣고 보니…… 이건 중대한 사태예요!"

"왜 지금까지 눈치채지 못했을까…… 이렇게 되기 전에 대처할 수 있었을지도 모르는데."

"매일 보면 변화를 눈치채지 못하니까요……."

샬롯과 안나는 심각하게 말하기 시작했다.

눈에 띌 정도의 변화가 로라의 몸에 일어났다는 것일까?

그것은 분명 중대한 문제다.

"정확히 말해주세요! 제 몸이…… 어떻게 됐는데요?!"

로라는 각오하고 물었다.

그러자 두 사람은 로라의 머리에 손을 뻗었다.

"어떻게 된 건 로라가 아니라, 이쪽."

"확실히 전보다 묵직해졌어요~."

그리고 로라의 머리 위에서 빵을 먹고 있던 하쿠를 테이블로 내렸다.

"삐이?"

하쿠는 어째서 자신이 이동해야 했는지 모르겠다는 얼굴로 샬롯과 안나를 올려다봤다.

올려다보면서, 빵을 오물거렸다.

"아, 머리가 가벼워졌어요! 그런데, 계속 이래요. 무거웠다가 가벼웠다가……."

"로라. 이제 그만 눈치채세요. 모든 건 하쿠 때문이에요."

"하쿠 때문요? 설마요. 제 머리는 하쿠의 특등석이에요. 이미 무게에는 익숙해요…… 앗, 하쿠가 커졌어요!"

테이블에 앉은 하쿠는 로라가 기억하는 모습보다 한층 커져 있었다.

다만, 전체 길이는 그대로다.

가로 폭만 늘어 있다.

특히 배 주변이…….

"우왓, 하쿠! 배가 물컹물컹해요!"

"삐—."

하쿠의 배를 손가락 끝으로 콕콕 찌른 로라는 그 감촉에 깜짝 놀랐다.

그러나 정작 하쿠는 신경 쓰는 눈치도 없이 태평하게 빵을 다 먹었다.

"이건…… 명백히 찐 거예요! 내장 지방러 신수예요!"

"새삼 관찰하니 엄청 동글동글해. 그 호리호리한 하쿠는 이제 어디에도 없어."

"아아…… 이럴 수가…… 하쿠, 어쩌다 이렇게 된 거예요……."

"삐!"

세 사람이 쳐다보는 가운데, 하쿠는 테이블 위를 데굴데굴 구르면서 놀기 시작했다.

마치 마시멜로가 뒹구는 것 같은 풍경이다.

"살찌는 원인은 주로 두 가지예요. 과식과 운동 부족! 로라, 하쿠는 어떤 생활을 했어요?"

"그렇게 말해도…… 하쿠는 저랑 같은 음식을 먹고 있을 뿐이에요. 오믈렛이나 라멘이나. 연속해서 오믈렛을 먹는 걸 반성한 제가 빵을 먹는 것에 맞춰 하쿠도 빵을 먹었어요."

"원인이 분명해졌어. 로라랑 같은 걸 먹어서야."

안나가 딱 잘라 단언했다.

그러나 로라는 이해가 가지 않았다.

"으음? 저는 그대로인데 하쿠만 찌는 건 이상하잖아요?"

"안 이상해. 로라. 너랑 하쿠의 크기를 비교해봐."

"아?"

들은 대로 로라는 하쿠를 찬찬히 들여다봤다.

그리고 자신과 비교해 봤다.

비교하기 위해 일어나서 나란히 설 필요조차 없었다.

머리로만 생각해도 상당히 달랐다.

몇 배 같은 그런 차원이 아니다.

그런데 똑같은 양을 계속 먹어왔다.

"이, 이건 찌겠네요!"

너무나 당연할 정도로 당연했다.

어째서 지금껏 신경도 쓰지 않았을까.

"그러고 보니, 하쿠가 갓 태어났을 무렵에는 로라가 자기 음식을 나눠줬었는데, 언제부턴가 하쿠 음식을 따로 주문하게 됐어."

"그거야, 나눠주면 제 몫이 줄어들잖아요. 게다가 하쿠가 더 먹고 싶은 듯이 쳐다보고요……."

"삐!"

때마침 그때 하쿠가 좀 더 먹고 싶은 듯한 눈동자로 로라를 올려다봤다.

"안 돼요, 하쿠! 오늘부터 예전처럼 제 몫을 나눠줄게요! 1인분은 안 돼요!"

"삐이?"

말이 통했는지는 분명하지 않다. 그러나 하쿠가 이해하지 못했더라도 다이어트를 강행하지 않으면 곤란하다.

하쿠의 무게로 로라의 키가 줄어들지도 모른다.

"식사 제한뿐만 아니라 운동도 중요하다고 들었어요. 하쿠는 운동하고 있어요?"

"음…… 가끔 공중제비 같은 걸 돌면서 놀아요."

"그 정도로는 운동이 안 돼요! 역시 조깅을 해야 해요!"

"조깅이요? 하쿠는 드래곤형이라서 하늘을 나는 생물이에요. 달리는 건 싫어할 것 같은데요."

푸웁
?
?
?

"그럼 공중 조깅을 해요. 날아다니면서 칼로리를 소모하는 거예요!"

샬롯은 운동의 중요성에 대해 열심히 말했다.

언제나 별난 말만 하는 사람이지만, 이번에는 상당히 진지하다.

샬롯이 제대로 된 말을 할 정도로 하쿠의 몸매가 심각하다는 것이리라.

"하쿠는 늘 로라의 머리에 앉아서 다니니까 운동 부족이 되는 건 당연해. 제대로 운동시켜야 해."

"으음…… 아무래도 제가 하쿠를 오냐오냐 키운 것 같아요. 신수 브리더로서 실격이에요. 오늘부터 마음을 독하게 먹고 하쿠를 슬림하게 만들겠어요!"

"그 마음가짐이에요, 로라!"

"파이팅—."

샬롯과 안나가 박수를 쳐주었다.

"삐—."

하쿠도 박수를 치고 있다.

모두의 응원이 고맙다.

"에헤헤, 최선을 다할게요…… 하쿠! 남 일인 척하지 마세요! 진짜 열심히 해야 할 사람은 하쿠예요!"

"삐?"

역시 하쿠는 일의 중대성을 전혀 인식하지 못한 것 같다.

아마도 자신이 뚱뚱해진 것도 모르는 게 분명하다.

어쨌든 매일 머리 위에 태우고 다닌 로라조차 눈치채지 못했던 거다.

거울을 보는 습관이 없는 하쿠가 깨닫지 못한 것은 당연하고 할 수 있다.

"그런데 이 중에 다이어트 경험자는 있어? 나는 없어."

안나가 소박한 의문을 제기했다.

"저는 비만과는 무관한 인생을 살아왔어요."

"저도 살쪄본 적은 없어요."

"다이어트 경험자가 없는데 무턱대고 다이어트하는 건 안 돼. 게다가 인간의 다이어트 방법이 신수한테도 효과가 있는지는 분명하지 않아."

"와, 역시 안나! 예리한 지적이에요! 그럼……누구한테 물어보는 게 제일 좋을까요?"

로라가 고개를 갸웃한, 그때였다—.

※

"이야기하는 소리가 들렸습니다! 저한테 맡기십시오!"

갑자기 로라의 등 뒤에서 활기찬 목소리가 들려왔다.

오이세 마을 출신의 수인, 미사키다.

하쿠는 원래 오이세 마을에서 섬기던 신수이고, 미사키는 그 신수를 모시던 무녀다.

확실히 하쿠에 관해서 묻는다면 미사키가 가장 알맞을지도 모른다.

"미사키! 아무튼 그래서 하쿠가 큰일이에요. 보세요!"

"우왓! 들었던 얘기로 상상했던 것보다 동그랗습니다!"

테이블 위에서 뒹굴고 있는 하쿠를 본 미사키는 몸을 뒤로 젖히며 깜짝 놀랐다.

"어째서 이렇게 될 때까지 방치한 것입니다! 로라에몬 씨는 하쿠 님을 돌보는 사람입니다! 몸 상태도 제대로 관리해야 합니다!"

"그, 그렇게 말해도…… 하지만 그런 거라면 미사키도 오이세 마을을 대표해서 왕도에 왔잖아요? 학교 식당 일만 열심히 하고, 신수 하쿠의 무녀로서의 역할을 잊고 있었던 거 아니에요?!"

"끙…… 그 말을 들으니 괴롭습니다. 확실히, 이렇게 자세히 보기 전까지 아무 의문도 갖지 않고 주문에 응했었습니다."

미사키는 신수 하쿠의 무녀다. 원래라면 갓 태어난 하쿠를 돌보는 것은 무녀의 일이다.

그러나 하쿠가 로라를 따르게 된 바람에 미사키는 할 일이 없다.

그래서 미사키는 평소에는 학교 식당에서 일하고 있다.

처음에는 심심풀이로 시작한 일인데, 어느새 「어엿한 학식 아줌마가 되는 것이 목표입니다」라며 분발하기 시작했다.

아무리 노력해도 아직 십 대 중반인 미사키가 아줌마가 되는 것은 먼 미래의 일이지만, 본인은 노력하면 어떻게든 된다고 믿고 있는 모양이다.

그런 미사키는 로라가 「오믈렛 2인분!」 하고 주문하면 「알겠습니다!」 하고 씩씩하게 대답하고 2인분을 만들어주었다.

따라서 로라에게만 책임이 있는 것이 아니다.

미사키도 엄연한 공범이다.

"그러니까 미사키. 무녀로서 하쿠의 다이어트 계획에 참여해주세요. 뭔가 센스 있는 조언을 해줄 거라 믿어요!"

"물론입니다. 실은 선대 하쿠 님도 살찐 적이 있다고 전해지고 있습니다. 그때 이야기를 참고하는 겁니다."

"앗, 선대 하쿠도?! 그건 의외예요!"

선대 하쿠는 지금 하쿠의 어미다.

신수 하쿠는 대가 바뀌는 짧은 순간을 빼고는 한 마리뿐인 존재다.

몇백 년을 살면서 그 땅을 지키고, 마지막이 오면 알을 낳고, 죽는다.

로라는 선대 하쿠와 아주 잠깐 대화한 적이 있다.

그때 이미 지금의 하쿠를 낳은 후였기 때문에 선대의 수명은 다해가고 있었다.

자신의 새끼를 로라에게 맡긴 선대 하쿠는 그때 어떤 심정이었을까.

아직 어린 로라는 잘 모른다.

어른이 되면 알게 될 날이 올지도 모른다. 오지 않을지도 모른다.

아무튼 로라가 본 선대 하쿠는 엄격한 인상이었다.

적어도 폭음, 폭식을 해서 살이 찔 성격으로는 보이지 않았다.

"지금으로부터 약 백삼십 년 전의 일입니다. 대현자님과 선대 하쿠 님이 마신을 쓰러뜨린 직후였지요."

미사키는 전해 내려오는 이야기를 하기 시작했다.

마신은 누구나 알고 있다.

그것을 쓰러뜨린 이가 대현자와 신수 하쿠라는 것도 유명한 이야기다.

그러나 그 후에 하쿠가 살이 쪘다는 이야기는 금시초문이다.

교과서에도 실려 있지 않았다.

분명 이것은 오이세 마을에만 전해지는, 역사의 비하인드 스토리다.

그런 귀중한 이야기를 놓칠세라 로라 일행은 몸을 앞으로 빼고

귀를 기울였다.

"마신과의 전투로 쌓인 피로를 풀기 위해 선대 하쿠 님은 오이세 마을에서 푹 쉬고 계셨습니다. 그때 그곳에 대현자님이 찾아오셨습니다. 마신 토벨을 도와준 답례라면서 음식과 술을 잔뜩 갖고 오셨지요. 당시의 오이세 마을의 수인들은 시끌벅적한 잔치를 벌였습니다. 대현자님이 권하는 대로 선대 하쿠 님도 술을 마시고 그만 흥이 오르셨습니다."

"우와, 재밌을 것 같아요! 역시 학장님이세요!"

"그 광경을 쉽게 상상할 수 있어요~~."

"고마움을 표시하는 건 중요해. 실없는 사람처럼 보여도, 학장님은 중요한 건 잊지 않아."

백삼십 년이나 지난 사건.

로라 일행은 물론이고 그 부모 세대조차 형체도 없던 시대의 이야기다.

그런데도 그것이 아주 가까운 일처럼 느껴지는 것은 등장인물인 대현자와 선대 하쿠를 만났기 때문이리라.

특히 대현자는 주변 어디선가 낮잠을 자곤 한다. 전혀 진귀할 것도 없다.

먼 옛날이야기를 듣고 있는데 그 등장인물과 아는 사이라니 신기한 감각이다.

“대현자님이 갖고 오신 음식과 술은 그야말로 어마어마한 양이었습니다. 잔치는 일주일이나 이어졌습니다. 모두 온종일 먹고 마셨습니다. 그 결과…… 오이세 마을 주민 전원과 선대 하쿠 님은 토실토실 살이 찌고 만 것입니다!”

“그런 비극이…… 그거야 일주일씩이나 잔치를 벌였으면 자업자득이에요. 그런데 학장님은요?”

“그게 대현자님도 똑같이 잔치에 참석하셨는데 어째선지 혼자만 원래 몸매 그대로셨던 모양입니다.”

“음…… 일의 원흉인데 혼자만 살아남다니…… 역시 학장님이에요…….”

역시 학장님이라는 말을 짧은 사이에 두 번이나 말해버렸다.

그러나 말은 같아도, 담긴 의미는 정반대다.

“당황한 오이세 마을의 수인들은 야산을 뛰어다니면서 다이어트에 힘썼습니다. 하지만 선대 하쿠 님은 지금의 하쿠 님과 달리 크셨습니다. 뛰어다니시면 숲이 망가져버립니다.”

“확실히 그 큰 몸으로 뛰어다니면 진동으로 산사태가 일어날 것 같아요.”

“몸이 큰 것도 상당히 피곤한 일이네.”

“작은 행복이라는 것도 있는 거네요…….”

늘 크고 싶어 하는 로라는 신선한 기분으로 중얼거렸다.

그럼에도 크고 싶은 마음은 변함없지만.

“토실토실 살이 오른 선대 하쿠 님을 보고, 대현자님도 책임을 느끼셨던 것 같습니다. 옆 대륙에 있다고 알려진『슬리문 열매』를 찾아 떠나셨지요.”

“먹으면 슬림해질 것 같은 이름의 열매네요!”

“그야말로 그렇다는 소문이었습니다.”

“그렇군요! 그럼 그 슬리문 열매를 먹으면 하쿠도 슬림해지겠네요!”

“그런데 웬걸. 무사히 옆 대륙까지 도착했는데, 슬리문 열매는 손님을 끌기 위한 사기였습니다. 실제로는 그냥 맛있는 귤이었지요. 대현자님도 선대 하쿠 님도 마을 활성화 작전에 속으신 겁니다.”

“사기였군요…… 그래도 맛있는 귤은 먹고 싶어요~.”

“삐—.”

“이것 보세요, 로라. 다이어트를 시작하려는데 맛있는 귤 이야기가 웬 말이에요.”

“하쿠가 관심을 가졌어.”

“앗! 안 돼요. 귤 이야기는 끝이에요!”

“삐이.”

하쿠는 아쉬운 듯이 울었다.

불쌍해서 그만 귤을 먹이고 싶어졌다.

하지만 마음을 독하게 먹고 먹이지 않겠어!

“그래서 결국 선대 하쿠는 어떻게 살을 뺀 거예요?”

“옆 대륙까지 날아갔다가 돌아왔더니 빠지셨습니다. 역시 운동은 중요합니다.”

“시시한 결론이네요~.”

“이건 확실히 교과서에 실리지 않을 일이야. 역사의 뒤안길에 묻힐 운명이랄까.”

안나가 절실히 중얼거렸다.

“선대 하쿠 님도 자신이 살찐 사실이 알려지는 게 싫으셨는지 수인들에게 퍼뜨리지 말아달라고 부탁하셨던 모양입니다. 그러나 운동은 중요하다는 교훈을 남기셨습니다. 오이세 마을에서는 지금까지도 전해지는 이야기입니다.”

그것은 선대 하쿠에게는 부끄러운 사건이었음이 틀림없다.

그러나 말로 전해진 덕분에 지금 하쿠의 다이어트에 도움이 됐다.

“재미는 없지만, 살을 빼는 방법을 알았어요! 자, 하쿠. 다음 연휴에는 같이 옆 대륙까지 날아가요!”

로라가 주먹을 꽉 쥐며 제안했더니,

“아무리 그래도 이렇게 작은 하쿠가 옆 대륙까지 날아가는 건 불가능해요.”

“로라. 옆 대륙이 얼마나 먼지 알아? 세계 지도를 떠올려봐.”

샬롯과 안나가 부정적인 반응을 보였다.

세계 지도.

물론 로라도 그 정도는 본 적이 있다.

본 적은 있지만, 확 떠오르지 않았다.

"으음…… 괜찮아요. 저도 햇병아리지만 모험가예요. 세계의 크기 정도는 상상할 수 있어요. 왜 소풍 갔을 때 바다를 넘어서 작은 섬에 갔었잖아요. 옆 대륙은…… 그것보다 조금 더 간 정도잖아요?"

"조금이 아니에요. 천 배는 떨어져 있어요."

"처, 천 배?! 하하, 설마요…… 과장이 심해요, 샬롯……."

"아니야. 그 정도 떨어져 있어."

안나가 단언해버렸다.

샬롯 하나만이라면 몰라도 안나가 이 정도로 단언하는 이상에는 실제로 그런 것이리라.

소풍 때 갔던 섬의 천 배라면, 확실히 하쿠가 날아가는 것은 무리다.

그렇게 컸던 선대 하쿠가 살이 빠지는 것도 이해가 간다.

"음…… 그럼 다른 방법을 생각해야겠네요."

"하쿠 님께 효과가 있을지는 확실하지 않지만, 바나나가 다이어트에 좋다고 들었습니다. 식당 아줌마들이 말하는 걸 들었습니다!"

"아, 그건 나도 들은 적 있어. 전사 학과 여자애들이 말했었어."

"흠. 두 사람이 다른 곳에서 들었다는 건 신빙성이 있을 것 같아요.”

“방과 후에 바나나를 사러 가는 수밖에 없어요!”

그렇게 돼서, 수업이 끝난 뒤 교문 앞에서 만나 시내에 가기로 했다.

참고로 로라는 하쿠를 머리에 태우지 않고 두 팔로 안고 걷기로 했다.

그러지 않으면 어깨가 결려서 고생이기 때문이다.

※

“여러분과 외출하는 것은 오랜만입니다. 두근거립니다!”

“미사키. 귀도 꼬리도 실룩거리고 있어요.”

“기쁨을 주체할 수가 없습니다!”

수인은 감정이 바로 귀와 꼬리로 전해지고 만다.

다만, 미사키는 바로 표정에 드러나는 타입이라서 귀와 꼬리가 아니더라도 감정을 읽기 쉽다.

그보다 이 멤버 중에 포커페이스인 것은 안나 정도이고, 나머지는 모두 감정 표현이 풍부하다.

로라는 이제 곧 열 살이 되므로 슬슬 차분해지고 싶지만, 좀처럼 차분해질 수 없다.

샬롯에 비하면 낫기는 하지만, 그것은 비교 대상이 너무 나쁘다.

로라는 어엿한 숙녀가 되고 싶었다.

"우후후후…… 눈앞에서 그렇게 실룩거리면…… 만지지 않고는 못 배겨요~!"

"우왓! 갑자기 만지는 건 안 됩니다!"

이렇다니까.

지금도 샬롯은 침을 흘리면서 미사키의 꼬리에 손을 뻗고 있다.

말없이 서 있으면 쿨한 미인인데.

말과 행동은 유감스러운 사람이었다.

뭐, 로라는 그런 샬롯이기에 좋아하는 거지만.

여기에 외모대로 쿨한 성격이었다면, 사귀기 어려워서 피곤했을지도 모른다.

"과일 가게 발견. 바나나 사자."

안나가 불쑥 중얼거렸다.

웬걸, 도망치는 미사키와 쫓아가는 샬롯을 구경하는 사이에 상점가에 도착해 있었다.

눈 깜짝할 사이의 일이었다.

로라는 마음속으로 이 현상을 『샬롯 순간 이동』이라고 이름 붙였다.

순간 이동처럼 로라를 여기까지 데리고 온 샬롯은 미사키를 쫓아서 그 길로 달려가버렸다.

바쁜 건지 한가한 건지 모를 사람이다.

"귤도 팔고 있어요…… 츄릅."

"로라. 그 귤은 그냥 귤이야. 슬리문 열매가 아니니까 다이어트랑은 관계없어. 아니…… 진짜 슬리문 열매도 사기니까 어차피 똑같아."

"어차피 똑같다면 여기서 귤을 사도 되는 거 아니에요?"

"삐—."

로라의 품에서 하쿠가 세차게 고개를 끄덕였다.

"로라. 하쿠한테 다이어트시킬 마음이 분명히 있는 거야?"

안나가 진지한 얼굴로 지그시 쳐다봤다.

"아, 있어요! 아저씨, 바나나 한 송이 주세요!"

"그래—. 제일 큰 거로 주마—."

"우와! 고맙습니다!"

가게 아저씨의 친절로 큰 바나나를 손에 넣었다.

로라는 치마 주머니에서 지갑을 꺼내려 했지만, 하쿠 때문에 두 팔이 묶여 있어서 꺼낼 수 없었다.

"안나. 치마 주머니에서 지갑 좀 꺼내줄래요?"

"그래. 그러는 김에, 간질간질."

"꺄앗! 기습은 나빠요!"

안나가 주머니 너머로 허벅지를 간질였다.

틈을 보이면 바로 이렇다.

어째서 로라의 주변 사람들은 장난꾸러기들일까.

안나는 보기에는 표정이 없고 조용한 소녀로, 실제로 평소에는 얌전하다. 그런데 어째선지 로라에게는 장난을 친다.

이유가 뭘까?

"로라가 만지고 싶게 생긴 게 잘못이야."

"저는 잘못하지 않았어요!"

그런 로라의 항의를 무시하고, 안나는 쿨하게 바나나값을 내고는 지갑을 로라의 주머니에 도로 넣었다.

예상대로 다시 넣을 때도 또 허벅지를 만지려 했다.

그러나 로라는 먼저 예상하고, 치마 안쪽에 강력한 방어 결계를 둘러쳤다.

이로써 주머니 너머의 손길은 전해지지 않는다!

"으응?"

"후후후……."

로라와 안나의 대화를 과일 가게 아저씨가 이상하단 듯이 보았다.

달인들의 싸움은 아마추어는 이해하기 힘든 법이다.

"져버렸어. 분하니까 여기에 바나나 얹을래."

안나는 로라의 머리 위에 바나나를 올렸다.

마치 치수를 재고 만든 모자처럼 딱 맞았다.

그러나 아무리 딱 맞아도 바나나는 모자가 아니다.

"바나나는 제대로 손에 들어야 해요!"

"그치만 로라 손은 하쿠 때문에 못 쓰잖아."

"바나나와 하쿠의 위치가 바뀐 건가요……."

"삐—?"

하쿠는 팔다리를 버둥거리며 로라의 몸을 오르려 했다.

품속보다 역시 머리 위가 마음이 안정되는 걸까.

아니면 단순히 바나나가 궁금한 것뿐일까.

어느 쪽이든, 하쿠를 머리 위에 가게 할 수는 없다.

로라의 어깨가 결리고 만다.

하쿠보다 훨씬 무거운 것을 휙휙 휘두를 수 있는 로라라면 하쿠가 살짝 살찐 정도는 아무렇지 않은 거 아니에요?— 점심시간에 샬롯이 그런 질문을 해왔다.

그러나 아무리 힘이 세도 계속 근육을 경직시키고 있는 것은 피곤하다.

"그나저나 샬롯이랑 미사키는요? 아직 술래잡기를 하는 걸까요?"

"그건 이미 끝났어요~."

"아. 샬롯, 어서 오세요. 미사키도 수고했어요."

"잔뜩 쓰다듬어졌습니다……."

샬롯과 같이 돌아온 미사키가 맥없는 목소리로 말했다.

너무 많이 쓰다듬어져서 지쳐버린 모양이다.

사실은 로라도 쓰다듬고 싶지만, 미사키가 불쌍해서 참았다.

정말 어른스러운 생각이야, 라고 로라는 자화자찬했다.

이로써 언제 열 살 생일을 맞이해도 부끄럽지 않다.

"저쪽에 공원이 있었어요. 바나나를 먹을 거면 거기가 좋아요."

"저에게는 샬롯 씨에게 쓰다듬어진 공원입니다. 아픈 기억뿐인 곳입니다."

미사키가 슬픈 얼굴을 했다.

"자자. 과거를 극복해요. 괴로운 기억은 잊어버리자고요."

"몇 분 전의 기억입니다. 잊어버린다면, 그냥 건망증이 심한 사람입니다."

"……어쨌든 극복하는 거예요!"

로라는 억지로 대화를 끝내고, 공원인가 하는 곳으로 안내받았다.

※

샬롯이 추천했던 만큼, 그 공원은 조용하고 깨끗한 장소였다.

풀이 자라나 있고 완만한 언덕이 몇 개인가 있다.

이렇다 할 놀이 기구는 없지만 펜치에 앉아 쉬는 사람이나 산책하는 사람 등이 있다.

"쉬기에는 딱이네요."

"쓰다듬기에도 딱이었어요."

"여왕 폐하께 부탁해서 공원에서 쓰다듬는 걸 금지해달라고 하겠습니다!"

"어머, 미사키. 그 말은 즉, 공원 밖에서는 허락하는 거예요?"

"……왕도 전체에서 금지해달라고 하겠습니다!"

그건 곤란하다.

왕도 밖에 나갔을 때만 쓰다듬을 수 있는 것은 너무 가혹하다.

여왕 폐하에게 미사키의 귀와 꼬리가 얼마나 훌륭한지 일깨워주고, 금지령을 내리지 않도록 로비 활동을 해야 한다.

"쓰다듬는 이야기는 나중에 하고, 바나나부터 먹자."

"그래요, 그래요. 딱히 모자로 쓰려고 산 게 아니에요."

풀숲에 동그랗게 원을 그리듯이 앉았다.

"이 바나나는 딱 열 개예요. 한 사람당 두 개씩이에요."

"로라 돈으로 산 건데 괜찮아?"

"물론이에요! 제가 쏘는 거예요~!"

"잘 먹을게요."

"로라에몬 씨, 배포가 크십니다!"

"그럼 나도 사양 않고 먹을게."

"삐—."

12월의 추운 겨울 날씨에 공원에서 바나나를 먹게 될 줄은 꿈에도 몰랐지만, 이것도 다 하쿠의 다이어트를 위해서다.

이렇게까지 한 이상, 하쿠는 보란 듯이 살이 빠질 것이 틀림없다.

"우물우물…… 맛있어요~!"

"삐—!"

"자, 하쿠. 슬림해지세요!"

"샬롯 씨. 아무리 그래도 먹자마자 살이 빠지지는 않습니다."

"정말 살이 빠질까?"

"믿자고요! 내일 아침 눈을 뜨면 슬림한 하쿠가 있을 거예요!"

로라 일행이 바나나의 효과에 대해 이야기하고 있는데, 익숙한 인물을 그 앞을 쌩 달려갔다.

"어어? 에밀리아 선생님!"

로라와 샬롯의 담임.

안경이 잘 어울리는 미인 에밀리아였다.

"너희들, 이런 데서 바나나를 먹고 무슨 일이야?"

"그러는 에밀리아 선생님이야말로 웬일로 운동복 차림이시네요."

로라가 중얼거린 것처럼 에밀리아는 운동복을 입고 있었다.

겨울인데도 이마에는 땀이 맺혀 있다.

거친 숨이 한참을 뛴 느낌이다.

"으응…… 건강을 위해서…… 요즘 방과 후에 가볍게 조깅하고 있어."

"아, 가볍게요……."

"에밀리아 선생님. 양손, 양발에서 어쩐지 구속 마법의 낌새가 느껴져요. 그거, 직접 거신 거예요?"

구속 마법은 이름 그대로 상대를 움직일 수 없게 하기 위한 마법이다.

거는 방법에 따라 다르지만, 양손, 양발을 묶인 것 같은 느낌이 든다.

요컨대 보이지 않는 밧줄이라고 생각하면 된다.

조절하기에 따라 밧줄이 아니라 고무 같은 질감으로도 할 수 있다.

고무로 하면 팔다리를 움직일 때 항상 부하를 느끼게 된다.

마법사가 몸을 단련할 때 사용할 때가 있다고 이전에 수업 시간에 배웠었다.

"자신을 묶다니…… 에밀리아 선생님, 사실은 마조 같은 거야?"

"야릇합니다! 야릇합니다!"

"그런 거 아니야! 운동을 위해서야! 그보다, 너희야말로 묻는 말에 대답해. 또 수상한 일을 벌인 건 아니겠지?"

"너무하세요. 저희는 그냥 바나나를 먹고 있는 것뿐이에요!"

"이 겨울에 밖에 모여서 바나나를 먹고 있는 건 충분히 수상해. 그것도 동그랗게 둘러앉아서."

확실히 옆에서 보면 수상할지도 모른다.

그러나 이번에는 정말로 에밀리아가 걱정할 만한 짓은 하지 않았다.

사정을 말하면 이해해줄 거다.

"사실은요…… 먼저, 하쿠를 봐주세요."

"삐—."

로라는 하쿠를 들어 올려, 에밀리아 앞에 내밀었다.

"앗! 뭐야, 하쿠 배가…… 완전히 비만이잖아."

"그렇죠? 오늘 아침에 깨달았어요."

"……좀 더 빨리 눈치채자. 무겁다고 생각 안 한 거야?"

"생각했어요…… 계속 머리가 무거워서…… 그래서 무슨 병일지도 모른다고 생각해서 모두한테 물어봤다가 알게 된 거예요."

"로라다워~."

에밀리아는 질린 듯이 한숨을 쉬었다.

"그, 그러는 에밀리아 선생님도 바로 조금 전까지 모르셨잖아요!"

"그거야, 하쿠는 늘 로라의 머리 위에 배를 깔고 누워 있어서 배가 안 보였고, 교단이랑 로라 자리는 떨어져 있어서 웬만큼 자세히 보지 않는 이상에는 눈치 못 채."

"우우…… 설득당해버렸어요. 역시 교사예요!"

"교사하고는 관계없어…… 그래도 하쿠가 살이 쪘는데 왜 바나나를…… 아, 설마 바나나 다이어트를 하려고?"

"예리하세요. 에밀리아 선생님도 바나나 다이어트를 아실 줄은 몰랐어요. 유명한 다이어트법이군요~."

미사키와 안나에 이어 에밀리아까지 안다는 것은 다이어트의 표준일지도 모른다.

효과가 있으니 유명해지는 거다.

하쿠뿐만 아니라 로라 일행도 슬림해지고 만다. 하지만 하쿠 말고는 살이 찌지 않았으니 너무 많이 먹으면 말라깽이가 될 우려가—.

로라가 그런 걱정을 하고 있는데, 에밀리아가 「후우」 하고 한숨을 쉬더니 난감하다는 듯이 어깨를 움츠렸다.

"너희들, 모르는구나~."

"아? 에밀리아 선생님이 전에 없이 위에서 내려다보는 시선이에요."

"온몸에서 자신감이 흘러넘치고 있어요~."

"에밀리아 선생님, 다이어트 전문가야?"

"분명 훌륭한 조언이 나올 것입니다."

"삐—."

로라 일행 전원의 주목을 받고도 에밀리아는 주눅 드는 기색 없이 오히려 가슴을 펴고 안경알을 반짝이며 말하기 시작했다.

"잘 들어. 너희는 애초에 바나나 다이어트를 착각하고 있어. 바나나를 먹으면 살이 빠진다고 생각하는 거지?"

"앗, 아니에요?! 그럼, 바나나 다이어트는 대체……?"

"바나나 다이어트라는 건 말이야, 바나나만 먹는 다이어트법이야. 세 끼 전부를 바나나로만 먹는 건 건강에 문제가 있지만…… 예를 들어 아침을 바나나 두 개만 먹는 거야. 그러면 섭취 칼로리를 억제할 수 있는 거야."

"아…… 다시 말해, 오믈렛을 참고 바나나로 대체한다는 거네요."

"그렇지."

"가혹한 다이어트예요…… 전 오히려 바나나를 너무 많이 먹어서 말라깽이가 될까 봐 걱정했어요."

로라는 바나나를 좋아한다.

지금도 하나 더 먹고 싶었다.

그러나 주식은 어디까지나 오믈렛이다.

오믈렛을 먹지 않고 바나나만 먹는 것은 몹시 가혹하다.

"로라. 가혹하지 않은 다이어트 같은 건 이 세상에 없어!"

"꺄앗, 죄송해요!"

평소처럼 에밀리아에게 야단맞은 로라는 그만 용서를 빌었다.

그러나 잘 생각하면 로라는 야단맞을 짓 따위 하지 않았다.

그저 에밀리아가 다이어트에 깊은 철학을 갖고 있는 것뿐이다.

"애초에 뭘 먹어서 살을 빼려는 사고방식이 틀렸어. 살을 빼고 싶으면, 먹는 양을 줄여야 해! 아니, 그 이전에 평소에 식사에 주의하면 살은 찌지 않아! 어째서 인류는 실수를 반복하는 건지!"

에밀리아의 주장은 다이어트법에서 빗나가기 시작했다.

인류의 실수, 라고 했다.

상당히 스케일이 크다.

그러나 잘 들으면 큰 것은 주어의 스케일일 뿐이고, 주제의 스케일은 작았다.

인류 전체가 아니라, 에밀리아 개인의 이야기로밖에 들리지 않는다.

"에밀리아 선생님…… 혹시, 살찌셨어요?"

"아."

"찌신 거죠? 그래서 달리시는 거죠?"

로라는 얼굴을 휙 들이대며 에밀리아를 추궁했다.

"그, 그건……."

"시선을 피하지 마세요! 솔직하게, 어서요!"

"살짝…… 살짝만이야! 본격적으로 찌기 전에, 이렇게 운동해서 뺄 거야!"

"그렇군요. 다시 말해 실수를 저지른 건 인류가 아니라, 에밀리아 선생님이셨네요."

로라가 판정을 내리자, 에밀리아는 「큽」 하고 신음했다.

"주어를 부풀리면 안 돼요, 에밀리아 선생님."

"그래도 하쿠도 쪘으니까 실수를 저지른 건 에밀리아 선생님만이 아니야. 안심해."

"하쿠 님과 다이어트 동료입니다. 오히려 부러울 정도입니다."

"삐!"

하쿠는 다이어트 동료라는 소리를 듣고 신이 나서 울었다.

그러나 에밀리아는 별로 기쁘지 않았던 모양이다.

"난 하쿠만큼 찌지 않았어! 평소보다 살짝 배가 말캉말캉해졌나…… 하는 정도야! 한 묶음으로 취급하지 마!"

"그렇게 정색하실 것 까진 없잖아요……."

"뭐, 지금의 하쿠와 같은 취급 받기 싫으신 심정은 이해도 돼요."

그렇게 말하며 샬롯은 하쿠를 품에 안고 그 배를 만지작거렸다.

보면 볼수록 살이 쪘다.

예전에는 작으면서도 신수에 걸맞은 아름다운 형태였는데.

지금은 움직이는 마시멜로다.

"이건 이것대로 귀엽지만, 역시 하쿠 님은 군살 없이 말쑥하신 게 더 멋지십니다."

미사키도 팔을 뻗어 하쿠를 만졌다.

하쿠 자신은 일의 중대성을 여전히 모르는 눈치로, 기분 좋은 듯이 황홀한 얼굴이다.

"에밀리아 선생님이 살찌지 않은 건 알았어. 어디까지나 비만 예방 차원에서 달리는 거야. 그런 다이어트 전문가니까 하쿠한테 조언 좀 해줘."

안나는 차분하게 조언을 구했다.

그 덕분인지 에밀리아도 안정을 되찾고, 큼 하고 작게 헛기침하고는 수업처럼 말하기 시작했다.

"내 경험상, 다이어트는 무리하지 않고 지속하는 게 중요해. 극단적인 건 하면 안 돼. 종종 1일 1식 같은 극단적인 걸 시작하는 사람이 있는데, 그런 건 오래 계속할 수 없어. 지금까지 과식을 했으면 적절한 양으로 되돌리면 돼. 그것도 힘들겠지만…… 극복해야 해! 그리고 다이어트를 한다면 역시 운동이야. 운동하지 않고 살을 빼려는 생각은 안이해! 안이함은 다이어트의 적이야!"

"흠흠. 역시 다이어트에 지름길은 없다는 거야."

안나가 끄덕이며 말했다.

"무엇이든 기본이 중요한 것이군요."

"에밀리아 선생님의 조언대로, 오늘부터 식사량을 줄이고 운동해요!"

"하쿠한테는 가혹한 시련이겠지만…… 노력해봐요! 직접 걸어서…… 아니, 하쿠의 경우는 날개로 이동해요. 날아올라요!"

"삐—."

로라가 말한 대로, 하쿠는 파닥파닥 날갯짓해 공중에 떠올랐다.

무거워진 만큼 불안한 날갯짓이지만 그래도 혼자서 날고 있다.

이렇게 계속 날아다니면 상당한 운동이 될 거다.

"하쿠…… 그렇게까지 찌면 원래대로 돌아가는 게 힘들겠지만, 열심히 해. 나도 그럴 테니까. 그럼 갈게."

에밀리아는 빠르게 뛰어갔다.

그 뒷모습에는 온갖 다이어트를 극복해온 전문가의 느낌이 있었다.

유능한 어른은 등으로 말한다고 들은 적이 있는데, 지금의 에밀리아가 바로 그것이리라.

로라는 멋지다고 생각했다.

자신도 에밀리아 같은 다이어트 전문가가 되고 싶었다.

그러나 다이어트 전문가라는 것은 여러 번 살이 쪘다는 것이고, 곰곰이 생각하면 별로 멋지지 않을지도 모른다.

"자, 에밀리아 선생님한테 지지 않게 우리도 가요!"

"삐!"

"함께할게요, 로라."

"다 같이 달리면 의욕이 생길 거야."

"뭐, 하쿠 님은 달리는 게 아니라 날고 있지만 말입니다."

그렇게 해서, 운동을 시작했다.

날아다니는 하쿠를, 로라 무리가 뒤쫓았다.

가벼운 조깅 정도의 속도다.

『무리하지 않고 지속하는 게 중요』라는 에밀리아의 조언을 철저히 지켰다.

다만 하쿠에게는 다이어트를 한다는 감각이 아니라, 그냥 다 같이 술래잡기를 하며 노는 것뿐인지도 모른다.

생각해 보면 하쿠는 원래 활발한 성격이다.

요즘 들어 하쿠의 머리 위에 있는 시간이 살짝 길었을 뿐, 사실은 기회만 있으면 날아다니는 애다.

운동을 좋아한다면 다이어트는 상당히 순조로울 거다.

다른 건 과식에만 주의하면 된다.

"미사키. 학교 식당에 하쿠용 메뉴를 만들 수 있을까요? 요컨대 보통의 메뉴보다 양을 적게 하면 돼요."

"양만 바꾸는 거라면 가능할 겁니다. 식당 아줌마들한테 물어보겠습니다."

"고마워요! 이걸로 다이어트 계획은 완벽해요!"

"방심하면 안 돼요, 로라. 보세요, 최대 관문이 가까워지고 있어요."

"우우…… 저건…… 란정!"

※

란정은 왕도에 있는 유일한 라멘 가게다.

대륙의 훨씬 동쪽에 위치한 나라『라아』에서 온 란이라는 여성이 경영하고 있다.

로라 일행의 단골 가게로, 그 맛은 한순간이라고는 해도 로라가 오믈렛을 잊게 할 정도다.

"아, 로라네다. 저녁 먹으러 왔어?"

가게 앞을 빗자루로 쓸고 있던 니나가 말을 걸어왔다.

니나의 외모는 로라와 또래로 보이지만 실제로는 열여덟 살이다.

어느 계기로 흡혈귀가 되어 성장이 멈춰버린 거다.

이미 부모를 여의고 갈 곳이 없어서 란정에서 먹고 자면서 일하고 있다.

로라에게는 자기보다 키가 작은 몇 안 되는 친구다.

나란히 서면 상대적으로 로라가 커 보인다.

"아니에요. 라멘을 먹고 싶은 마음은 굴뚝같지만, 지금은 하쿠의 다이어트를 위해서 운동 중이에요. 그래서 라멘은 참을 거예요! 사실은 먹고 싶지만요…… 진심으로 먹고 싶지만요!"

로라가 가슴이 찢어지는 심정으로 라멘을 물리치려 하는데 가게 주인인 란까지 나와서 유혹하기 시작했다.

"오늘 국물은 회심의 완성작이다해. 차슈도 좋은 걸 샀다해."

"윽…… 그만하세요! 저희는 단단히 마음먹었어요! 유혹에 굴복하지 않아요!"

로라는 뜨겁게 선언했다.

그러나 정작 하쿠가 유혹에 넘어가, 비틀거리며 란정으로 향했다.

"안 돼요. 라멘을 먹으면 애써 운동한 게 도로 아미타불이 돼요!"

로라는 하쿠의 꼬리를 잡고 끌어당겼다.

"삐이."

하쿠가 항의했지만, 란정에 들여보낼 수는 없다.

"다이어트…… 확실히 하쿠가 완전 동그래졌어……."

"하늘을 나는 찐빵인 줄 알았다해."

니나와 란이 하늘을 나는 하쿠의 배에 손을 뻗어 조몰락거렸다.

언제나 만져지는 것은 로라의 뺨이었지만, 오늘은 아무도 만지지 않았다.

아주 편하다.

하쿠가 역할을 대신해준다면, 차라리 이대로인 것도 괜찮지 않을까— 하고, 로라는 사악한 생각을 해버렸다.

"이 배는 위험하다해. 살이 빠질 때까지 라멘은 참아라해."

"아까 에밀리아 선생님도 여기를 지나갔는데, 선생님도 다이어트 중이라면서 뛰어갔어."

"와. 역시 에밀리아 선생님! 라멘의 유혹을 이기다니, 역시 다이어트 전문가예요! 저희는 여기에 너무 오래 머물면 유혹에 넘어가 버리니까 이만 가볼게요. 그럼 안녕히 계세요!"

"하쿠가 살을 빼면 다시 올게요~."

"모험가 라멘 먹고 싶어. 하지만 그걸 계속 먹으면 우리도 살찔 거야. 미리 운동해야 해."

"하쿠 님이 참으신다면, 미사키도 무녀로서 참겠습니다!"

란과 니나에게 손을 흔들며, 로라 무리는 란정을 떠났다.

에밀리아가 열심히 하고 있다.

그렇다면 하쿠도 열심히 해야 한다.

"날이 저물 때까지 왕도를 달려요. 그리고 저녁밥은 오믈렛이에요!"

"어머, 로라. 그럼 평소랑 똑같잖아요."

"노 노! 평소에는 저랑 하쿠 걸 각자 1인분씩 주문했지만, 둘이 합쳐서 1인분을 먹을 거예요."

"식사 제한이군요."

"그런데, 지금까지 하쿠는 그 작은 몸으로 어떻게 1인분을 먹었을까……."

"확실히 깊이 생각해보지 않았지만, 부피적으로 이상해요……."

"삐?"

"하쿠 님은 신수시니까요. 그 체내는 신비함으로 가득 차 있습니다. 그리고 뱀도 자신보다 거대한 먹이를 통째로 삼킵니다. 뱀 따위가 할 수 있는 거라면, 신수이신 하쿠 님이 자신보다 큰 오믈렛을 먹는 것도 이상하지 않습니다."

미사키는 설득력이 의심스러운 주장을 했다.

"신수라도 너무 많이 먹으면 살찐다는 걸 알았으니, 하쿠용 메뉴가 완성될 때까지 제 걸 작은 접시에 덜어줄 거예요. 하쿠가 더 먹고 싶다고 해도 절대로 더 주지 않을 거예요!"

"로라, 독한 코치예요."

"우리도 독한 코치가 돼서, 로라가 오믈렛 먹는 걸 참게 하자."

"그, 그건 절대로 안 돼요……!"

"삐—."

그렇게 날이 저물 때까지 왕도를 어슬렁거리다가 학교로 돌아왔다.

선언한 대로, 로라와 하쿠는 오믈렛을 나누었다.

로라가 4분의 3. 하쿠가 4분의 1이다.

서로의 몸무게를 생각하면, 이것도 하쿠에게는 많은 기분이 든다.

그러나 하쿠는 당연한 것처럼 제 몫을 홀라당 먹어치우고, 로라에게 더 달라는 듯한 눈빛을 보냈다.

"그런 눈으로 봐도 소용없어요. 갓 태어났을 때는 그 정도에 만족했었잖아요."

"삐—!"

"하쿠가 못마땅해 보여."

"8월에 태어나, 벌써 12월이에요. 갓 태어났을 때보다는 많이 먹어도 되지 않을까요?"

"그런가요? 하지만 더 주면 제가 먹을 게 부족해요. 밤에 꼬르륵 소리로 샬롯을 깨울지도 몰라요."

"그럼, 제 샐러드에서 미니토마토를 하나 드릴게요."

"그럼, 난 양상추를 한 장 줄게."

하쿠는 샬롯과 안나가 나눠준 채소를 우적우적 먹었다.

"하쿠, 만족했어요?"

"삐—."

하쿠는 고개를 끄덕였다.

"다행이네요. 이 정도면 살찌는 일도 없을 거예요. 예전처럼 슬림한 하쿠가 되는 것도 시간문제예요."

"삐—."

저녁을 다 먹고 씻은 로라와 샬롯은 평소처럼 침대 안으로 들어갔다.

"내일 아침에는 하쿠가 슬림해져 있으면 좋겠어요~."

"후후. 아무리 그래도 하루 만에 끝나는 다이어트는 없어요."

"우우. 그래도 신수잖아요. 신기한 일이 일어날지도 몰라요. 그렇죠? 하쿠."

"삐."

하쿠는 짧게 대답하고, 이불 위에서 몸을 말았다.

살이 쪄서 동그래진 하쿠가 더욱 몸을 동그래져서, 완전히 공이 됐다.

내일이면 이게 날씬해져 있으면 좋겠다고 생각하면서, 로라는 눈꺼풀을 감았다.

※

"삐— 삐—."

그리고 아침이 밝았다.

평소에는 커튼 사이로 들어오는 빛이나 교회의 종소리에 눈을 뜬다.

그러나 그날, 로라와 샬롯은 하쿠의 울음소리에 꿈나라에서 현실로 끌려왔다.

"흐암…… 수많은 로라를 귀여워하는 꿈을 꾸고 있었는데 말이에요……."

"흠냐흠냐. 저도 계속해서 오믈렛이 나오는 꿈을 꿨어요……."

서로 더할 나위 없이 좋은 꿈을 꿨던 모양이다.

조금 더 꿈속에 있고 싶었다.

시계를 보니, 평소보다 30분 일찍 눈을 뜬 것 같았다.

평소라면 다시 잤겠지만 하쿠가 굳이 깨웠다.

분명 뭔가 있는 것이리라.

"아무튼, 하쿠는 뭐 때문에 그렇게…… 앗, 하쿠가 슬림해졌어요!"

"아아? 설마요. 하룻밤 만에 살이 빠질 리가…… 정말 슬림해졌어요!"

몸을 일으킨 로라와 샬롯은 이불 위에 앉은 날씬한 하쿠를 발견했다.

토실토실 살찐 어제까지의 하쿠가 아니다.

이게 바로 하쿠라고 말하고 싶어지는, 군살 없이 매끄럽고 아름다운 스타일의 신수 하쿠가 그곳에 있었다.

"믿을 수가 없어요. 이것도 꿈이 계속 이어지는 거예요?"

"그런 것치고는 사실적인 질감이에요. 하쿠, 제 머리 위에 타보세요."

"삐!"

하쿠는 잽싸게 날아올라 로라의 머리에 착지했다.

"와. 이 느낌은 바로 하쿠예요. 분명 현실이에요."

"그럼, 정말 하룻밤 사이에 살이 빠진 거군요. 신수는 무시무시해요~."

"에밀리아 선생님한테 자랑해요. 분해하실지도 몰라요."

로라는 짓궂은 장난기를 드러내며 아침 준비를 시작했다.

학교 식당에서 안나와 미사키를 깜짝 놀래준 뒤 교실로 향했다.

"에밀리아 선생님이 깜짝 놀라실 얼굴이 눈에 선해요."

"어제 그렇게나 『다이어트는 가혹하다』라고 열변을 하셨으니까요."

"신수의 다이어트는 인간의 상식으로 가늠해서는 안 돼요."

둘이서 두근거리며 에밀리아를 기다렸다.

이윽고 교실에 에밀리아가 들어왔다.

그 순간, 깜짝 놀란 것은 로라와 샬롯이었다.

그보다, 학급 전체가 몸을 젖힐 정도로 경악했다.

"에, 에밀리아 선생님……?"

"그 모습은 대체 어떻게 되신 거예요……?"

나이스 바디로 불러도 좋을 만큼 스타일이 훌륭했던 에밀리아.

조금이라도 비만의 징후를 느끼면 곧바로 다이어트를 시작할 만큼 신경을 썼던 에밀리아.

그런 그녀가…… 옆으로 커져 있었다.

다시 말해, 뚱뚱해져 있었다.

게다가 마늘 냄새가 났다.

이 정도로 마늘 냄새를 마구 풍기는 요리를, 로라는 하나밖에 알지 못했다.

그렇다.

모험가 라멘이다.

“에밀리아 선생님…… 그 뒤에 란정에 가신 거죠?”

움찔.

“그렇게나 저희에게 다이어트가 무엇인지를 우쭐대며 말씀하셔 놓고…… 모험가 라멘을, 드신 거죠?”

“왜냐면…… 왜냐면…….”

“왜냐면?”

“도저히 참을 수가 없었어어!”

에밀리아는 그렇게 외치며 쓰러져 울었다.

“란정 앞을 지나간 게 잘못이었어…… 그렇게 맛있는 냄새가 길까지 진동하니까…… 한 번은 유혹을 이기고 지나갔었는데!”

로라 일행이 란정을 떠난 뒤, 다시 돌아갔다는 걸까.

“적어도 보통 라멘을 먹었으면 될 걸…… 모험가 라멘! 그것도 특 곱빼기! 아아, 어제의 나 바보!”

“그건…… 두둔할 방법이 없네요…….”

“특 곱빼기를 진짜로 주문하는 사람이 있는 줄은 몰랐어요…….”

란정 앞을 지나가면서 라멘을 먹지 않는다.

그것이 얼마나 어려운 일인지 로라도 잘 안다.

로라가 어제 참을 수 있었던 것은 학교 식당에 가면 맛있는 오믈렛이 기다리고 있어서다.

아
아
아
아
아
아

오믈렛이라는 마음의 버팀목이 없는 에밀리아가 견디는 것은 무척 어려웠으리라.

그러나 모험가 라멘 특 곱빼기.

그 선택은『어리석다』고 할 수밖에 없었다.

본인이 말한 대로 보통 라멘이라면 그나마 나았을 텐데.

아니, 모험가 라멘이어도 일반적인 주문이라면 상식의 범위 안이었는데.

특 곱빼기는 일반 사람이 먹어도 되는 것이 아니다.

"분명 한 번 지나치는 바람에 라멘을 먹고 싶은 욕구가 증폭된 거예요……."

"그래, 그거야! 그냥 처음에 순순히 라멘을 먹었어야 했어어어어!"

에밀리아는 교단에 푹 엎드려 폭포 같은 눈물을 쏟았다.

딱하다.

분명 오늘부터 지옥의 다이어트에 돌입하겠지.

조금이라도 응원하기 위해 다음에 바나나를 지원해주기로 로라는 맹세했다.

"아무리 그래도 하룻밤 만에 찌다니…… 특 곱빼기는 무시무시하네요!"

"삐이."

제2장 하쿠 전용 침대를 만들어요

로라는 모험가 학교에 입학한 뒤로 거의 매일 밤 샬롯의 포옹 베개로 지내고 있었다.

그리고 이불 위에서는 하쿠가 몸을 말고 잤다.

줄곧 이어져 온 취침 방식이다.

이보다 편안한 취침법이 떠오르지 않기에 이 상태로 졸업 때까지 지내겠다고 로라는 생각하고 있었다.

그런데.

그것은 살찐 하쿠가 불과 하룻밤 만에 슬림하게 변한 날 밤의 일이었다.

"에……에취!"

재채기 소리가 들렸다.

로라가 아니다.

"방금 샬롯이에요?"

"아니에요. 로라도 아니라면…… 하쿠예요?"

"삐……."

조명등을 켜고, 하쿠를 봤다.

콧물이 대롱 나와 있었다.

"앗, 큰일이에요! 손수건, 손수건."

로라는 하쿠의 콧물을 닦아주었다.

그러자 꽤 추웠던지 하쿠가 품에 매달렸다.

"생각해보면 지금은 겨울이에요. 추운 게 당연해요."

"으음. 그래도 어제까지는 말짱해 보였어요!"

"그건…… 지방이 이불 역할을 대신해준 거예요!"

"아아, 그렇군요! 다이어트에 성공하는 바람에 겨울의 추위를 견디지 못하게 된 거네요!"

"삐이……."

하쿠는 가냘픈 목소리로 로라와 샬롯의 주장을 긍정했다……. 그렇게 들렸다.

"어쩌면 하쿠는 그냥 살이 찐 게 아니라 겨울에 대비해서 지방을 만들었던 거 아닐까요……?"

"그런 거라면…… 우리가 한 일은 무의미…… 아니, 오히려 오지랖이었어요?!"

"삐—."

하쿠는 짧게 울었다.

그러나 이래서는 긍정인지 부정인지 알 수 없다.

역시 「삐—」만으로는 의사소통에 한계가 있었다.

그렇다고 하쿠가 어느 날 갑자기 「네, 맞아요」 하고 유창하게 말한다면 로라는 너무 놀라 기절할 것이 틀림없다.

“하쿠가 어쩔 작정으로 살이 쪘든, 겨울 동안은 이불 위에서 재울 수는 없게 됐어요…….”

“그러게요. 우선, 우리 이불 안으로 들이는 수밖에 없어요.”

평소라면 로라와 샬롯은 꼭 붙어서 잤겠지만, 하쿠를 위해서 사이를 비워주었다.

“삐—.”

하쿠는 그 사이에 파고들어 엎드렸다.

머리만 빼꼼 이불 밖으로 내고 만족스러운 얼굴이다.

“하쿠, 따뜻해요?”

“삐, 삐—!”

“다행이네요.”

“하쿠가 따뜻한 건 다행이지만…… 로라를 안고 잘 수가 없어요~!”

하쿠 너머로 샬롯의 슬픈 목소리가 들려왔다.

“겨울 동안, 저를 포옹 베개로 삼는 걸 참으면 어때요?”

“안 돼요! 할 수 있을 리 없어요!”

“그렇게 말할 줄은 알았지만…… 조금은 참는 법을 배워보면 어때요?”

“그러는 로라야말로 오믈렛을 겨울 내내 참으라고 하면 참을 수 있어요?!"

"그 질문은 비겁해요. 참을 수 있을 리…… 없잖아요!"

"거봐요! 생존에 필수 불가결한 거예요. 고작해야 하루가 한계예요."

"네. 저도 오믈렛을 참는 건 하루가 한계예요."

그렇게 이야기한 다음, 로라는 생존에 필수 불가결한 것을 하루나 참을 수 있는 자신들은 오히려 대단하다고 생각하기 시작했다.

어떤 의미로는 물과 공기나 마찬가지이므로.

그렇게 중요한 것을 꼬박 하루나 참다니, 아주 인내심이 강한 아이다.

어엿한 열 살이 될 수 있다고 생각하며 로라는 자기 자신에게 감격했다.

"삐—."

"앗. 미안해요, 하쿠. 시끄러워서 못 자겠죠? 오늘은 샬롯한테 포옹 베개를 참아달라고 하고, 하쿠의 잠자리는 내일 찬찬히 생각해봐요."

"우우…… 내일 중으로 해결법을 찾지 못하면, 로라 THE 포옹 베개 금단 증상이 나타나고 말 거예요……."

"로라 THE 포옹 베개! 멋지네요!"

"후후후…… 로라라면 이 작명의 훌륭함을 알아주실 거라 믿었어요~.”

홀륭함에도 정도가 있다.

로라와 포옹 베개.

그 두 단어 사이에 「THE」를 넣는 것만으로 이토록 근사한 울림이 완성되다니.

역시 샬롯의 작명 센스는 얕볼 수 없다.

“삐이!”

“하쿠도 멋지다고 생각해요?”

“삐! 삐!”

“……그런 건 됐으니까 빨리 자라는 것처럼 들려요.”

“저도 그렇게 들렸으니 그만 자요…….”

로라에게도 졸리는 시간이다.

눈을 감고 잠잘 자세를 취했다.

바로 옆에서 「퓨이」하고 하쿠의 잠든 숨소리가 들려왔다.

참 아무 데서나 잘 자는구나, 하고 로라는 남의 일인 것처럼 감탄했다.

그리고 3초 후, 로라도 완전히 곯아떨어졌다.

※

한편, 샤롯은 포옹 베개를 잃은 탓에 좀처럼 잠들지 못하고, 다음 날 수업 도중에 조는 바람에 에밀리아에게 호되게 야단맞고 있었다.

샤롯을 혼내는 데 에너지를 쓴 탓인지 모든 수업이 끝났을 무렵, 에밀리아는 나이스한 몸매로 돌아와 있었다.

하쿠의 다이어트가 성공함으로써 샤롯이 잠들지 못하고, 그 덕에 에밀리아도 다이어트에 성공했다—.

인과(因果)란 신기한 것이다.

어쨌든 모두의 몸매가 원래대로 돌아왔다.

다이어트 이야기는 해피엔드다.

이제 하쿠의 잠자리를 고민할 차례다.

이것도 빨리 해피엔드로 만들지 않으면, 샤롯이 내일도 모레도 불면증에 시달려 에밀리아가 계속 화를 내야 한다.

그렇게 되면 에밀리아가 필요 이상으로 살이 빠져서 끝내는 사라져버리고 만다.

담임의 미래를 지키기 위해 신수가 따뜻하게 잠잘 방법을 생각하는 거다!

※

점심시간에 안나와 미사키에게도 하쿠의 잠자리 문제를 말해 뒀다.

문제 해결을 위한 계획을 수업 중에 생각한 다음, 방과 후에 식당에서 이야기를 나누기로 했다.

그렇다고는 해도, 수업 중에는 수업을 듣느라 그렇게 많은 아이디어는 나오지 않았다.

"결국은 하쿠 전용 침대가 필요해."

"그것밖에 없네요."

"그렇게 되면, 하쿠 님의 전용 이불도 필요합니다. 하쿠 님은 당분간은 계속 작으실 테니, 요란한 것은 필요 없습니다."

"그렇군요. 샬롯의 집에 남는 새끼 드래곤용 침대는 없나요?"

"로라…… 우리 집을 뭐라고 생각하는 거예요……?"

"부잣집이요!"

"확실히 유복한 편이지만, 그렇다고 뭐든 있는 건 아니에요!"

"부자도 의외로 평범하네요."

"뭐, 신수를 머리에 태우고 있는 로라보다는 평범해요."

"삐—."

로라의 머리 위에서 하쿠가 날개를 펼쳤다.

그런 동작을 해도 전혀 무겁지 않다. 역시 슬림한 건 좋은 일이다.

"하쿠 침대는 바구니 같은 게 좋아. 나무로 엮은 거."

안나가 넌지시 제안했다.

"탈의실에 있는 그거 같은 거요?"

"그래, 그거."

"확실히, 하쿠 님께 딱 좋을 것 같습니다."

"날개를 펼칠 여유도 있을 것 같아요."

만장일치로 침대가 결정됐다. 곧바로 잡화점에 사러 갔다.

전에 동물 잠옷을 샀던 가게다.

파자마레인저의 발상지다.

"탈의 바구니니까 목욕 용품 코너를 찾아야 합니다."

"아, 보세요. 욕조에 뜨는 집오리 인형을 팔고 있어요. 이걸 잔뜩 사서 큰 욕탕에 띄워서 집오리 레이스를—"

"지금은 하쿠 침대가 먼저예요, 로라."

"그리고 탕에서 그런 짓을 하는 건 모두한테 민폐야."

"……알았어요. 그럼, 집오리 인형은 하나만 살게요."

"하나는 사는 겁니까……."

로라는 어떤 집오리 인형이 좋을지 고민했다.

모두 비슷하게 생겼지만 목각인 데다, 일일이 수작업으로 색을

칠한 것이라서 미묘한 차이가 있다.

"삐— 삐—."

"아. 하쿠가 고를 거예요?"

"삐!"

"그럼, 부탁해요."

하쿠는 로라의 머리에서 날아올라 집오리 인형이 진열된 선반 앞에서 파닥파닥 떠다녔다.

목을 움직여 두리번거리면서 인형을 물색했다.

"삐이!"

"그걸로 정한 거예요? 역시, 하쿠가 고른 만큼 어딘지 모르게 신비로운 표정을 한 집오리예요."

하쿠가 앞발로 끌어안은 집오리에 대해 로라는 감상을 늘어놓았다.

그것은 다른 집오리보다 선명한 노란색을 띠고, 눈매에 위화감이 있는 듯한— 그런 기분이 든다.

"로라에몬 씨. 집오리보다 바구니입니다. 여기로 와서 같이 골라주세요."

"네—."

미사키가 불러서 간 곳에는 다양한 탈의 바구니가 진열돼 있었다.

그렇다고는 해도 손으로 짜서 모양이 찌그러진 것뿐, 의도해서 종류를 늘린 것은 아니니라.

상품 분류로는 대, 중, 소 세 종류다.

"대는 크기가 크네요. 하쿠도 넓은 게 좋을 거예요. 그러니까 큰 바구니로 해요!"

"테스트로 하쿠를 바구니에 넣어봐요."

"네!"

로라는 근처를 날아다니고 있던 하쿠를 잡아서 바구니에 눕혔다.

"삐."

바구니가 마음에 들었는지, 하쿠는 몸을 축 늘어뜨리고 엎드렸다.

완벽한 이완 상태다.

기분 탓인지 같이 바구니에 들어간 집오리 인형도 편안해 보였다.

"하쿠가 마음에 든 것 같아요. 이 바구니로 해요."

"이불은 아기용이 좋겠어."

"안나. 좋은 생각이에요!"

잡화점에 이불이 없어서 바구니와 집오리를 계산하고 이불 가게로 갔다.

"아기용 이불 주세요."

그렇게 이불 가게 아줌마에게 말했더니,

"어머나. 남동생이나 여동생이라도 태어났니?"

하고 물어왔다.

"아니에요. 이 애 이불이에요."

"삐—."

로라가 손에 든 바구니 안에서, 하쿠가 삐 하고 울어 존재감을 어필했다.

"어머나. 요즘 작은 드래곤을 데리고 다니는 애가 있다더니, 너였구나."

"세상에. 소문이 났었어요? 얘는 순한 애니까 괜찮아요—."

"그런 것 같구나. 귀엽구나."

하쿠의 귀여움을 안다니, 이 이불 가게 아줌마는 착한 사람인 게 틀림없다.

"이불값은 제가 낼게요."

"앗, 괜찮아요? 샬롯."

"하쿠는 제 룸메이트이기도 해요. 저도 돕게 해주세요."

"그러네요. 고마워요!"

"삐—."

가격표를 보고 깜짝 놀랐지만, 이불이라는 것은 상당히 비싼 물건이었다.

로라의 용돈으로는 힘들었다.

샬롯이 사줘서 다행이다.

"바로 하쿠 님을 눕혀봅시다!"

미사키가 흥분해서 외쳤다.

로라 역시 빨리 시험해보고 싶었다.

잽싸게 여자 기숙사로 돌아와, 바구니에 이불을 깔았다.

치수를 재고 산 것도 아닌데 딱 맞는 크기였다.

"까는 이불 위에 하쿠를 얹고, 그 위에 덮는 이불을! 이걸로 신수 샌드위치가 완성됐어요!"

"삐이."

샌드위치가 된 하쿠는 새 이불 속에 싸여 행복한 듯이 울었다.

"하쿠, 따뜻해요?"

"삐!"

"와! 해피엔드예요!"

다이어트 문제에 이어, 침대 문제도 해결됐다.

이렇게 연이어 문제를 해결했더니 무슨 일이든 해결할 수 있을 것 같은 기분이 들었다.

무슨 일이든 맡겨주시라. 해결사 로라다.

"후후. 이 침대는 로라도 쓸 수 있는 거 아니에요?"

"윽. 아무리 저라도 그렇게까지 작지 않아요!"

"로라 뺨이 빵빵해졌어. 귀여워. 콕콕."

"안나! 제가 빵빵하게 했는데 먼저 누르는 건 반칙이에요!"

"콕콕."

"아아! 미사키한테까지 선수를 빼앗겼어요…… 양쪽 다 빼앗겨 버렸어요오!"

"……제 뺨 갖고 놀지 마세요!"

로라가 화를 내자, 두 사람은 찌르기뿐만 아니라 조몰락거리기까지 했다

정말 너무한 사람들이라며 분개한 로라는 기분 전환을 위해 하쿠를 데리고 대중탕에 가기로 했다.

사 온 집오리 인형으로 놀기 위해서다.

그러나 하쿠가 집오리 인형을 마음에 들어 해버려서 아무리 해도 놓아주지 않았다.

"하쿠…… 집오리는 제 거예요. 하쿠한테는 새 침대가 있으니까 됐잖아요."

"삐—."

무엇이든 해결할 수 있는 해결사 로라는 신수에게 협상을 시도했다.

그러나 욕탕에 들어가 있을 때는커녕 잠잘 시간이 돼서도 집오리는 돌아오지 않았다.

"집오리가 하쿠의 포옹 베개가 돼버렸어요……."

"후후후. 그리고 로라는 다시 제 포옹 베개예요…… 해피엔드예요."

"우우. 받아들일 수 없어요!"

"퓨이……."

바구니 속에서 하쿠가 새근거리며 자고 있다.

그 모습이 너무나도 행복해보여서, 로라는 끙끙 앓으면서도 집오리를 하쿠에게 맡기기로 했다.

그러나 슬픔은 사라지지 않았다.

오늘은 이미 잠 못 이루게 될지도 모른다.

그런 생각을 하면서, 3분 후에는 곯아떨어지는 로라였다.

제 3 장 드디어 열 살이에요!

로라의 생일은 12월 25일이다.

앞으로 딱 일주일 뒤다.

드디어 로라도 열 살.

안나와 샬롯과 같은 두 자릿수 나이다.

아니, 그뿐 아니라 에밀리아나 부모님도 똑같은 두 자릿수다.

99세까지는 두 자릿수이니 그것과 똑같아진다는 것은 열 살은 이미 어엿한 어른으로 불러도 좋을지 모른다.

"로라. 이제 곧이에요."

오전 수업이 시작되기 직전.

로라의 앞자리에 앉아 있던 샬롯이 뒤돌아 말을 걸어왔다.

"네. 이제 곧 겨울 방학이에요!"

12월 26일부터는 기다리고 기다리던 겨울 방학이다.

"……그것도 기대되지만, 그전에 큰 이벤트가 있잖아요!"

"에헤헤, 농담이에요. 제 생일이잖아요. 드디어 열 살이에요!"

"로라. 생일날 갖고 싶은 거 있어요?"

"오믈렛이요."

로라는 반사적으로 대답했다.

어쨌든 오믈렛은 로라의 인생에서 철학과 같은 것이다.

오믈렛만 있으면 행복해질 수 있다.

그러나 샬롯은 쓴웃음을 지었다.

“오믈렛은 항상 먹고 있잖아요. 그거 말고요.”

“으음…… 그런 어려운 문제를 낼 줄은 몰랐어요…… 제법이에요, 샬롯.”

“왜 전율한 얼굴인 건지는 몰라도, 딱히 없다면 제가 고를게요.”

“앗. 샬롯의 센스로 고르는 거예요?! 잠시만요…… 지금 진지하게 생각해볼게요…….”

“……마치 제 센스가 불안하다는 말투네요.”

샬롯은 입술을 삐죽거렸다.

기껏 선물해주겠다는 사람을 언짢게 해서 미안하지만, 샬롯에게 맡기면 대성공이든 대실패든 둘 중 하나이므로 매우 위험도가 높다.

제대로 머리를 짜내서 갖고 싶은 걸 생각하는 거다.

“아! 키가 갖고 싶어요!”

“로라는 크면 안 돼요.”

“어째서요?! 이제 열 살이잖아요!”

“몇 살이 되든 로라는 지금 모습 그대로 있어야 해요. 무엇보다,

제 능력으로는 키를 선물할 수가 없어요."

"그렇겠죠. 하지만 정말 딱히 갖고 싶은 건 없어요. 다 같이 지내는 것만으로도 하루하루가 즐거우니까요."

"로라…… 외모가 귀여울 뿐만 아니라, 내면까지 훌륭해요오!"

샬롯은 눈을 반짝이며 외치더니, 아예 몸을 내밀어 로라를 끌어안았다.

반 전체가 보고 있는데, 부끄러운 사람이다.

나이가 두 자릿수가 돼도, 어른이 되는 것은 어려울지도 모른다.

"아무튼 그러니까, 제 생일이라고 해서 특별한 선물 같은 건 필요 없어요. 그래도 파티를 해준다면 기꺼이 참석할게요!"

"그럼 성대하게 축하해줄게요! 로라의 생일잔치를 해요! 먼저 장소 섭외부터 해야겠어요!"

"그렇게 요란하게 할 것까진……."

샬롯의 집은 부잣집이다.

그녀가 작정하고 성대한 파티를 열면, 어느 정도의 규모가 될지 로라는 짐작도 가지 않았다.

그렇지만 아무리 부자라도 그것은 부모의 돈이다.

샬롯이 모두 마음대로 할 수 있는 게 아니다.

일반적인 것보다는 화려해도 상식적인 범주에 머무는 파티겠지, 라고 로라는 믿기로 했다.

“자자. 수업 시작이야. 다들 자리에 앉아.”

담임 에밀리아가 교실에 들어왔다.

샬롯은 칠판을 향해 돌아앉고, 돌아다니던 학생들도 자기 자리로 재빨리 돌아갔다.

그리고 일어나 인사한 다음 앉았다.

“오늘은 대륙 동쪽에 있는 몬스터 이야기를 할게. 들어본 사람도 있겠지만, 그쪽에는 하쿠처럼 생긴 드래곤 외에, 뱀을 확대시킨 듯한 형태의 아류종이— 잠깐, 하쿠가 지금 앉아 있는, 그 노란 건 뭐야아?”

수업을 시작하려던 에밀리아가 로라의 머리 위를 응시하고는 굳어버렸다.

반 전체도 로라를 돌아봤다.

“이건…… 집오리 인형이에요!”

“그건 보면 알지만…… 왜 하쿠가 집오리를 안고 있어? 교실에 하쿠를 데리고 오는 건 상관없지만, 수업 중이니까 놀게 하는 건 안 돼.”

에밀리아는 지당한 말을 했다.

로라도 집오리를 하쿠에게서 되찾고 싶었다.

“여기에는 좀 복잡한 사정이 있어서요…… 일단 하쿠가 놓아주지 않아요! 저도 단단히 화가 났어요!”

"흠. 로라가 욕조에서 놀려고 샀는데 하쿠한테 빼앗겼다, 라거나?"

"명추리! 정확하세요! 역시 에밀리아 선생님의 통찰력은 굉장해요."

로라는 진심으로 에밀리아를 존경했다.

"별로 복잡한 사정도 아니었네…… 뭐, 하쿠가 던지거나 하지만 않는다면 계속 들고 있어도 상관없어."

"삐이."

하쿠의 짧은 울음을 긍정의 대답으로 받아들이고 수업을 시작했다.

실제로 하쿠는 집오리를 놓지 않았다. 어지간히 마음에 든 것이다.

설마 친구라고 생각하는 걸까.

색깔도 생김새도 다른데.

신수의 심리는 복잡기괴해서, 인간의 지식 따위 닿지 않는구나—하고 열 살을 눈앞에 둔 로라는 철학적인 것을 생각했다.

※

"로라의 생일 파티 계획을 세울 거니까 로라는 빼고예요. 오늘부터 일주일 동안 로라는 끼워주지 않을 거예요!"

"세상에. 이렇게 우정이 넘치는 따돌림 선언을 받다니! 그럼 기대하고 있을게요!"

로라의 양해를 얻은 샬롯은 방과 후, 안나와 미사키를 데리고 란정에 가, 라멘을 먹으면서 작전 회의를 시작했다.

"역시 파티는 화려한 게 좋아요. 큰 모임 장소를 빌려서 사람을 잔뜩 부르는 거예요."

"화려한 건 좋은데…… 관계없는 사람을 부르면 로라가 난처할 뿐이야."

"관계없는 사람은 안 불러요. 반 친구들이랑 안나, 미사키. 니나랑 란 씨. 로라의 부모님. 에밀리아 선생님이랑 학장님. 또……."

"오이세 마을의 수인들도 부르는 겁니다!"

"보육원 애들도 불러도 돼?"

"물론이죠! 봐요, 이 정도만 해도 상당한 인원이에요. 장소 고르는 게 어렵겠어요."

"그러게. 몇백 명 규모가 돼버렸어. 교회도 교실도 좁아."

안나는 차슈를 젓가락으로 집으면서 중얼거렸다.

"좀 더 인원이 적으면 우리 가게를 빌려줘도 되지만, 그 정도 인원은 다 수용할 수 없다해."

"근데, 나도 초대해주는구나…… 친구 생일 파티 같은 거 처음인데……."

니나는 빨개진 얼굴로 우물거리면서 말했다.

“니나도 저희의 엄연한 친구예요. 당연히 불러야죠!”

“그, 그래…… 고마워.”

친구라는 말에 니나는 당황한 기색으로 그러나 무척 기쁜 듯이 수줍게 미소 지었다.

그 모습이 미칠 듯이 귀여워서— 샬롯의 이성은 붕괴됐다.

“아아아아아아아! 니나 귀여워요오오오오오오!”

“앗! 하지 마! 그런 건 로라한테만 해!”

“와! 샬롯 씨가 짐승 같은 속도로 니나 씨를 껴안았습니다.”

“수인인 미사키가 그렇게 말하는 거라면, 진짜 짐승 같은 속도다해.”

“한가한 소리 그만하고 도와줘!”

니나는 싫어하고 있지만, 샬롯은 아랑곳하지 않고 볼을 비볐다.

입으로는 싫다고 하면서 속으로는 좋아한다는 말이 있다.

이렇게 거부하는 척해도, 니나도 사실은 좋을 거다.

“샬롯. 니나가 진짜로 싫어하는 얼굴이니까 그만해.”

“앗! 진짜로 싫었어요?!”

“처음부터 그렇게 말했잖아!”

니나는 두 팔을 써서 샬롯을 홱 밀쳤다.

부끄러움을 감추는 게 아니다.

정신적으로도 거부당했다.

"세, 세상에…… 니나, 저를 미워하지 말아주세요……."

"미운 게 아니라……."

"샬롯. 그렇게 볼을 비비고 주무르게 놔두는 사람은 로라 정도야. 보통은 진짜 싫어해."

"역시 로라는 위대해요오."

"……내가 위대하지 못해서 미안하게 됐어."

니나는 언짢은 얼굴로 테이블에 팔꿈치를 세우고 턱을 괬다.

"따, 딱히 니나를 헐뜯는 게 아니에요…… 그 뾰로통한 표정도…… 귀여워요오오!"

"샬롯. 진정해. 샬롯."

"앗! 또 이성을 잃을 뻔했어요."

"……내가 자리를 비울까? 그러는 게 대화가 원활할 것 같은데."

니나가 질린 목소리로 말했다.

"안 돼요. 로라의 생일 파티는 다 같이 기획하는 거예요. 특히 니나는 친구의 생일 파티에 처음 가는 거잖아요? 그럼 타협하면 안 돼요! 저, 니나를 안는 걸 참을게요! 그러니까!"

"그렇게까지 결의를 다질 필요는 없다고 생각하는데…… 알았어."

"안나. 혹시 제가 또 이성을 잃으면…… 전기를 쏴주세요!"

"알았어. 벼락의 마법검(케라우노스)으로 마비시켜줄게."

안나는 테이블에 걸쳐 세워둔 마법검 한쪽에 손을 얹었다.

그러자 검에서 「부우우우웅」 하고 저음이 울려 퍼졌다.

고대 문명의 마법검인 케라우노스는 자기 의지를 갖고 있고, 가끔 이렇게 소리를 낸다.

그것은 마스터인 안나에게 의미를 가진 목소리로 들리는 모양이다.

"케라우노스가 대전류를 먹여주겠다고 벼르고 있어."

"……언제든지 덤비세요!"

"잠깐만, 너희 너무 오버야. 늘 이런 식이야? 로라도 힘들겠네……."

"로라에몬 씨는 일어나 있을 때뿐만 아니라 잘 때도 샬롯 씨의 포옹 베개로 살고 있으니까요. 고생이십니다."

"포옹 베개라…… 덥고 답답할 것 같아."

"후후. 니나는 귀엽지만, 포옹 베개 적성은 로라보다 부족한 것 같네요."

"별로 갖고 싶지도 않은 적성이야."

니나는 차갑게 단언했다.

무엇이든 응해주는 로라와는 아주 다르다.

로라가 태양이라면 니나는 달.

그 쿨한 느낌이 나름대로 훌륭하다—.

"니나가 위험해. 케라우노스!"

"오다다다다다다!!"

샬롯이 행동을 일으키는 것보다 먼저, 격렬한 전류가 샬롯을 덮쳤다.

"잠깐! 불꽃이 나오는데요?!"

"걱정할 것 없어요, 니나…… 이 정도 전류는…… 길드레아 모험가 학교에서는 일상이에요!"

"진짜야?!"

"모험가 학교는 굉장한 곳이다해!"

라멘 가게의 두 사람은 눈을 동그랗게 뜨고 감탄해 외쳤다.

그 반응에 기분이 좋아진 샬롯은 의기양양하게 가슴을 젖혔다.

"그렇게 말할 만큼 일상입니까?"

"아마도, 우리뿐일 거야."

"그렇지 않아요. 저도 자세히는 모르지만, 다들 전기나 얼음을 쏘면서 치열하게 자율 훈련을 하고 있을 거예요. 아무튼, 이야기가 많이 빗나갔지만 로라의 생일 파티 장소를 어떻게 할지 생각해야 해요."

"샬롯의 집은 못 써?"

"우리 집은 학장님 집과 비슷한 크기예요. 아무리 그래도 오이세 마을 수인 전체를 수용할 수는 없어요."

"샬롯 씨. 오이세 마을의 수인을 무리해서 부를 필요는 없습니다. 제가 대표로 출석하겠습니다. 모두에게는 오이세 마을에서 축하해달라고 하면 됩니다."

"안 돼요! 로라의 생일잔치…… 그것도 기념할 만한 열 살 생일이니까 인연이 있는 사람은 몽땅 다 불러야 해요!"

"그러고 보니, 대현자님한테 물어봤냐해? 그 사람이라면 다양한 인맥을 이용해서 넓은 장소를 구해줄 것 같다해."

"어려운 순간에는 학장님. 언제나의 패턴이 되기 시작했어."

"언제나의 패턴이라면, 목적을 이루기 위한 우당탕 쇼가 시작될 거예요."

"샬롯 씨가 우당탕거리는 것은 일상입니다. 더욱이 대현자님이 일으키시는 소동에 제가 참여할 수 있는 기회는 흔치 않습니다. 좋은 기회이니 참여해보고 싶습니다."

"미사키. 그런 가벼운 마음으로 학장님한테 접근했다가 화상을 입어도 몰라요!"

"수인 미사키는 그런 거로는 겁먹지 않습니다!"

미사키의 눈동자에 기합이 담긴 불꽃이 이글거리고 있었다.

반면, 라멘 가게 콤비는 난감한 얼굴로 「음」 하고 신음했다.

"내가 제안해놓고 이런 말은 뭣하지만, 화상은 싫다해……."

"말해두는데, 란 씨는 진짜 그냥 일반인이야. 너희들 장단에는 못 따라가."

흡혈귀 니나가 충고했다.

"괘, 괜찮아요. 학장님은 상식을 벗어나신 분이지만…… 일반인을 다치게 하지는 않을 거예요."

"알았다해…… 샬롯을 믿고 대현자님한테 물어보자해."

이로써 방침이 정해졌다.

타력본원(他力本願)이지만, 사회적인 힘을 갖지 않은 멤버들끼리 이야기해봤자 결말이 나지 않는다.

물론 로라는 작은 파티라도 좋아해줄 것이다.

그러나 로라는 반드시 스케일이 큰 모험가가 될 사람이다.

지금도 스케일이 큰 포옹 베개다.

몸은 작지만, 안에 감춰진 가능성은 그야말로 우주와 같다.

그렇다면 성대하고 화려한 생일 파티를 여는 것이 당연하다.

—후후후. 로라가 깜짝 놀랄 만한 파티를 열어줄게요.

※

아름다운 대현자 칼로테 길드레아는 삼백 년 가까운 세월을 살아온 전설적인 인물이자, 백삼십 년 전에 이 왕도를 마신으로부터 구한 영웅이다.

약 오십 년 전, 재능 있는 새내기 모험가를 기르기 위해 당시의 국왕과 교섭해 길드레아 모험가 학교를 짓고, 학장으로 취임했다.

살아 있으면서 인류사에 이름을 남긴 위대한 천재.

경력만 놓고 본다면 누구나가 경의를 표할 위인이라고 할 수 있다.

그리고 실제로 대현자는 신들린 마법사다.

그녀의 지도를 받은 샬롯 일행은 수많은 무용담이 사실임을 피부로 느끼고 있다.

그러나.

실제로 지도를 받고서야 알게 되는 뒷면의 얼굴도 있다.

연표에도 역사 교과서에도 실리지 않은 대현자의 진실.

그것은…… 평소의 그녀가 낮잠만 자는 한심한 인간이라는 것이다.

"학장님은 70프로 정도의 확률로 수면실에 계세요."

"나머지 30프로는 어디냐해?"

"그건…… 초원이거나 학교 옥상이거나 구름 위거나, 장소는 다양하지만, 어디선가 주무세요."

"자는 데는 변함없구나해……."

"정말 아주 가끔 일어나 있을 때도 있어요. 거의 기적이라고 해야겠지만요."

"대현자님이 란정을 도와준 적이 있는데, 그건 기적이었구나해."

그런 대화를 하면서 모험가 학교로 향했다.

외부자인 란과 니나를 학교 안에 들어가게 해도 될지 순간 망설였지만, 평소에 이 학교에서 일어나는 말썽에 비하면 사소한 문제다.

“학장님 전용 수면실은 이쪽이에요.”

“전용인 게 또 굉장하다해.”

“어지간히 자고 싶나 봐…….”

란과 니나는 지극히 정당한 감상을 늘어놓으면서 복도를 따라왔다.

학장 전용 수면실은 복도에서 바로 들어갈 수 없다.

일단 학장실에 들어가, 그곳에 있는 문을 통해야만 들어갈 수 있다.

게다가 그 문에는 강력한 마법 결계가 쳐져 있어, 평범한 마법사— 라기보다, 학교에 교사로 있는 A랭크 모험가들조차 결계를 뚫을 수 없었다.

다시 말해, 누구도 대현자의 낮잠을 방해할 수 없다.

그 철벽같은 결계를 넘은 단 하나의 인물.

그것이 로라다.

그것은 여름 방학의 일이었다.

로라, 샬롯, 안나 세 명은 로라의 집에 놀러 가 여름 방학을 만끽하고 있었다.

그러나 여름 방학이 끝나갈 때가 되어서야 숙제에 전혀 손을 대지 않은 사실을 떠올리고 부랴부랴 왕도로 돌아왔다.

그 도중에 강을 둥둥 떠내려가는 수수께끼의 알을 발견했다.

수수께끼의 알을 자유 연구 과제로 삼기로 한 샬롯 일행은 그것이 무슨 알인지 대현자에게 묻기 위해 수면실에 침입하려고 애썼다.

그리고 로라가 보란 듯이 결계를 뚫은 것이다.

알의 정체는 신수 하쿠의 알일 거라고 대현자가 가르쳐주었다.

그 직후, 정말로 알이 깨지고 「삐―」 하는 울음소리와 함께 하쿠가 나온 것에는 깜짝 놀랐다.

아직 반년도 지나지 않았지만, 그리운 추억이다.

"결계는 로라가 깨버렸으니, 우리도 간단히 수면실에 들어갈 수 있을 거예요."

그렇게 말한 샬롯은 수면실로 통하는 문을 열려고 했다.

그러나 손잡이를 밀어도 당겨도 꿈쩍도 하지 않았다.

"큰일 났어요! 결계가 다시 생겼어요!"

"으음, 결국, 무슨 뜻이냐해?"

"들어갈 수 없다는 뜻입니다."

"다시 말해, 대현자님을 못 만난다는 거야."

니나가 단적으로 정리해주었다.

"어떡하지. 로라도 고생해서 뚫은 결계야. 우리는 못 깨."

안나가 뺨을 긁으면서 지그시 문을 응시했다.

"다른 방법을 찾는 수밖에 없습니다."

"포기하기엔 너무 일러요! 로라는 분명 고생했어요…… 하지만 마지막에는 보란 듯이 결계를 깼어요. 그렇다면…… 우리도 할 수 있을 거예요!"

"그럴까?"

"안나! 처음부터 포기하면 어떡해요?! 그 두 마법검은 장식이에요?! 실패하더라도…… 일단은 최선을 다해 부딪쳐야 해요!"

"하고 싶은 말은 알겠는데, 벼락(케라우노스)의 마법검이랑 바람(아네모이)의 마법검의 힘을 전력으로 쥐어짜면, 학장실이 산산조각 나서 백프로 야단맞을 거야. 반성문 같은 거로는 안 끝나."

안나는 무척 상식적인 말을 했다.

그럼에도 전력을 다해야 하는 순간이 있는 거예요— 하고 샬롯은 설득하려 했다.

그러나 실제로 학장실을 날려버리면, 그때는 로라의 생일이 문제가 아니다.

그리고 그때야말로 에밀리아의 위에 구멍이 날 것 같다.

샬롯은 에밀리아를 교사로서 존경하기에 되도록 심려를 끼치고 싶지 않았다.

그런 마음으로 지내고 있는데 어찌 된 일인지 심려만 끼치고 있지만…… 그렇기에 더욱 피할 수 있는 심려는 피해야 한다.

"그럼! 제가 조용히 결계를 풀어드릴게요!"

마법 결계를 푸는 데는 주로 두 개의 방법이 있다.

더욱 큰 마력으로 강제로 뚫거나, 술식을 분석해서 분해하거나다.

학장실을 산산조각 내는 것은 전자다.

성공한다 해도 혼날 것이 뻔하므로 실패한 거나 마찬가지다.

그때 로라가 했던 것은 후자다.

이 문에 걸린 결계를 조용히 부수는 방법이다.

"먼저 분석할게요! 으으음……."

샬롯은 문에 손을 가까이 대고, 눈을 감고 집중했다.

여름 방학 때도 이렇게 로라 앞에서 도전했었다.

그때는 실패했지만, 샬롯은 그때보다 성장했다.

지금이라면 할 수 있다. 하면 된다. 분명.

"아, 안 돼요오! 이렇게 복잡한 술식은…… 해독하는 사이에 졸업해버리겠어요!"

"샬롯 씨! 미더운 모습을 보여주세요!"

"윽…… 이렇게 된 이상 이판사판이에요! 에잇, 에잇!"

조용한 결계 해제를 포기한 샬롯은 결계에는 결계를, 이라는 듯이 온몸을 방어 결계로 감쌌다.

그리고 문을 향해 박치기했다!

쾅, 쾅, 하고 요란한 소리가 울려 퍼졌다.

"샬롯. 무리야. 학장님이 저절로 일어나는 걸 기다리는 게 그나마 현실적이야."

"하지만 학장님은 언제 일어나실지 전혀 알 수 없어요. 제 독한 근성으로 문을 부수는 게 분명 더 빨라요!"

샬롯은 자신의 힘을 믿고, 혼신의 힘을 다해 문에 돌진했다.

그 순간.

문이 안에서 열리고, 샬롯의 이마에 쾅 부딪혔다.

"아파요오!"

"어머? 미안해, 샬롯. 근데, 네가 문으로 달려든 거야."

나타난 대현자는 바닥에서 몸부림치며 뒹구는 샬롯을 걱정스레 바라보면서, 자신에게는 잘못이 없다고 해명했다.

대현자의 주장은 지극히 정당해서 샬롯은 반박할 수 없었다. 그저 아픈 이마를 문지르며 눈물을 참는 수밖에 없었다.

"알아요! 잘못한 건 저예요!"

"그렇게 자포자기할 것까지 없어. 그런데, 란 씨랑 니나까지 어쩐 일이야? 나한테 무슨 볼일 있어?"

"있다해. 대현자님한테 상담할 일이 있다해."

"있다해라. 잠시 기다려. 화장실 좀 다녀올게~~."

그렇게 말한 대현자는 학장실을 나갔다.

깨우지도 않았는데 일어나다니 별일이라고 생각했더니, 화장실에 가고 싶었던 거다.

"기다렸지~~? 그래서? 상담이라니 뭔데~? 야릇한 차이나 드레스 차림으로 음식을 나르는 건 이제 사양이야!"

"그런 게 아니에요. 다음 주가 로라의 생일이잖아요? 그래서 생일 파티 계획을 짜고 있어요."

"대현자님이라면 인맥을 이용해서 멋진 장소를 구해줄지도 모른다고 생각했다해."

"어머나. 로라의 생일이야? 며칠?"

"25일이에요."

"딱 일주일 뒤네. 몇 명 정도 모이는데?"

"오이세 마을 수인들도 부르고 싶습니다. 모두, 인간 마을에 올 기회가 적으니, 가끔씩 교류하는 겁니다."

"흠…… 그럼 몇백 명 규모네. 음…… 학교 교정해도 해도 되지만…… 이왕이면 화려하게 하고 싶어."

"학장님. 생각나는 장소가 있어?"

안나가 묻자, 대현자는 자신만만하게 끄덕였다.

"나한테 맡겨! 그렇게 된 거니까, 왕궁에 가자!"

왕궁.

그것은 이 나라에서 가장 호화로운 곳이다.

과연. 확실히 대현자의 인맥을 최대한 살렸다.

역시 곤란할 때는 대현자에게 부탁하는 게 제일이다—.

"아, 아무리 그래도 너무 지나쳐요!"

"국가 차원의 이벤트는 곤란해…… 로라의 생일을 축하하고 싶은 것뿐인데……."

"괜찮아, 괜찮아. 왕궁에 있는 대강당을 빌리는 것뿐이야. 국가랑은 관계없어."

대현자는 그렇게 가볍게 말했지만, 샬롯과 안나는 불안을 감출 수 없다.

란과 니나에 이르러서는 새파랗게 질려 떨고 있었다.

오직 미사키만 귀와 꼬리를 실룩거리면서 기대에 가득 찬 얼굴을 하고 있다.

과연 로라의 생일 파티는 어떻게 되는 것일까.

※

이러니저러니 해도 샬롯과 안나는 전에도 왕궁에 왔었다. 여왕과는 여러 번 만났다.

대현자도 같이 있고, 별로 긴장되지는 않았다.

그러나 란과 니나는 다르다.

왕궁의 문까지는 따라왔지만, 거기서 한 걸음을 내딛지 못했다.

"우리는 란정에서 기다리겠다해…… 나머지는 부탁한다해."

"왕궁을 가까이에서 봤더니 너무 커서…… 무서워. 미안하지만, 우리는 못 가겠어."

라멘 가게의 두 사람은 면목 없다는 듯이 그렇게 말하고는 도망쳐버렸다.

야박하다고는 잘라 말할 수 없다.

어쨌든 상대는 여왕이다. 이 나라에서 가장 높은 사람이다.

그런 사람을 상대로 「친구 생일 파티를 할 거니까, 왕궁을 빌려줘♪」 하고 부탁하러 가는 거다.

제대로 된 정신으로는 할 수 없다.

샬롯도 최대한 아무렇지 않은 척하고 있지만, 실제로는 심장이 두근거렸다.

분명 안나도 마찬가지리라.

대현자가 교섭을 책임지겠다고 하니, 간신히 평정심을 유지하고 있는 것이다.

그런 점에서 미사키는 굉장하다.

여왕과 만난 적은 있지만, 왕궁에 온 것은 처음일 터.

그런데도 조금도 긴장한 기색 없이 오히려 눈을 반짝이면서 신기하다는 듯이 두리번거리며 걷고 있다.

"천장이 높습니다! 화려한 그림이 장식되어 있습니다! 정원이 넓습니다!"

미사키가 귀와 꼬리를 실룩거렸다.

만약 긴장했다면, 털이 곤두섰을 것이다.

다시 말해, 진심으로 즐기고 있었다.

터무니없는 배짱이다.

샬롯도 일반인의 눈에는 상당히 배짱이 좋은 편이라고는 생각하지만, 미사키에게는 한참 미치지 못한다.

"미사키. 혼자 뛰어다니면 길 잃어버려. 나랑 같이 있지 않으면 수상한 사람으로 체포돼."

"으악. 그건 곤란합니다. 감옥살이는 싫습니다!"

체포된다는 말에 미사키는 대현자 옆에 꼭 붙었지만, 여전히 귀와 꼬리를 실룩거리고 있다.

샬롯은 미사키의 꼬리를 만져서 긴장을 달랠지 말지 고민했다.

고민하는 사이에 여왕의 집무실 앞까지 와버렸다.

문 앞에 서 있던 병사에게 대현자가 「지금 폐하 있어~?」 하고 가볍게 물었다.

샬롯 일행이 교무실에 들어갈 때보다도 대충인 느낌이다.

"폐하~. 들어가도 돼~?"

"응? 대현자인가? 좋다, 들어오라."

여왕의 허락을 받은 대현자는 문을 열었다.

“아이고. 너는 정말 언제나 갑자기 들이닥치는구나. 뭐, 노크한 뒤에 들어오게 된 건 전보다 낫지만 말이다.”

“학생들 앞이니까. 교육자로서 조심하는 거야.”

“……학생이 없을 때도 똑바로 해줬으면 좋겠느니라. 그나저나, 오늘은 로라가 없구나.”

집무실에 들어온 멤버를 보고, 여왕은 의아한 듯이 말했다.

“오랜만입니다, 폐하. 오늘은 로라에몬 씨 대신 제가 왔습니다!”

“너는 오이세 마을의 수인…… 미사키였더냐? 축제 때 이후로 처음 보는구나.”

“그렇습니다. 오늘은 폐하께 부탁이 있어서 왔습니다.”

“흠. 그건 로라가 여기 없는 것과 관련이 있는 것이냐?”

“날카롭습니다! 역시 이 나라를 다스리는 사람입니다!”

“후후. 이 정도 통찰력도 없으면 여왕 일은 할 수 없느니라.”

미사키의 말에 기분이 좋아진 듯한 여왕은 턱에 손을 대고 자신만만하게 웃었다.

이 분위기라면 무사히 왕궁의 일부를 빌릴 수 있을지도 모른다.

뭐, 진짜 걱정인 것은 빌릴 수 있느냐 없느냐보다, 한 개인의 생일 파티를 그런 곳에서 해도 되느냐 하는 거지만.

“실은 말이야, 12월 25일이 로라의 생일이야. 그래서 파티를 열려고 하는데."

"흠. 혹시 나를 초대해주는 것이냐? 그날이라면 일정을 비울 수 있다."

"초대뿐만 아니라, 파티를 도와줬으면 좋겠어."

"흠. 로라는 장차 이 나라의 중요한 모험가가 될 가능성이 높다. 모르는 사이도 아니고…… 조금 정도라면 흔쾌히 돕겠다."

"폐하라면 그렇게 말해줄 줄 알았어. 그럼, 왕궁의 대강당을 빌려줘."

"흠, 대강당이라…… 아, 왕궁의 대강당 말이냐?"

"응~~."

"으, 으음……."

여왕은 팔짱을 끼고 생각에 잠겼다.

역시 거절당하는 걸까.

오히려 거절해주는 게 샬롯은 마음이 편하다.

"딱히 쓸 예정도 없으니 빌려줘도 상관없다만…… 왕궁의 대강당을 쓰게 되면, 귀족들 사이에 소문이 퍼지겠지. 자기들은 초대장을 받지 않았는데 무슨 파티를 열었나 하고. 나중에 로라가 곤란해지지 않을지 걱정이구나."

"귀족들이 자기가 모르는 파티가 열리는 걸 질투한다는 거야? 확실히 일리가 있어."

“음, 그러니 별로 추천하지는 않는다.”

역시 왕궁 정도가 되면, 그런 성가신 문제도 있는 모양이다.

샬롯의 집도 귀족은 아니지만 사교계에 얼굴이 통하는 부유층이다.

모험가 학교에 입학하기 전에 샬롯은 딱 한 번 아버지와 함께 귀족의 파티에 참석해 여왕에게 인사한 적이 있다.

이 나라에서 가장 높은 사람을 만났다는 것만으로도 샬롯은 감격했다.

그때 느낀 거지만, 귀족의 파티라는 것은 서로의 신분을 확인하는 자리다.

자신은 이 정도 파티에 초대되는 사람. 여왕과 같은 장소에 초대되는 신분. 그 사실이 자랑스럽게 여겨진다.

주최자 측도 자기가 초대하면 여왕까지 온다는 자부심을 얻는다.

따라서 왕궁의 대강당에서 열리는 파티에 초대되지 않았다…… 초대되기는커녕 파티의 존재조차 몰랐다고 하면, 귀족들은 당황할 것이다.

그 파티는 한 소녀의 생일을 축하하는 자리로, 여왕도 참석했다는 사실을 안 귀족들이 로라를 질투할 것은 불 보듯 뻔하다.

“좋았어. 그럼 귀족들한테도 초대장을 주자.”

대현자는 간단히 제안했다.

과연. 그렇게 하면 귀족들의 반감을 사는 일도 없다—.

"학장님! 아무리 그래도 그건 과해요!"

"응. 그렇게까지 할 바에는 어디 들판 같은 데서 하는 게 평화로울 거야……."

"게다가, 귀족들과 수인을 한자리에 불러도 괜찮은 것입니까? 솔직히…… 저도 면전에서 차별을 당하면 슬플 것입니다……."

미사키가 드물게 불안한 목소리로 중얼거렸다.

그도 그럴 터.

수인의 역사는 차별의 역사이기도 하다.

과거 고대 문명에 의해 인간의 노예로 만들어진 수인들은 고대 문명이 멸망한 후에도 오랜 세월 학대당해왔다.

그렇기에 더더욱 수인들은 오이세 마을 같은 깊은 산 속에 살고 있다.

이 팔레온 왕국에서는 대현자의 활약으로, 백삼십 년 전에 수인에 대한 차별을 법적으로 금지했다.

그 덕에 미사키는 이렇게 왕도에서 아무렇지 않게 지낼 수 있다.

그러나 법으로 금했어도 사람들의 의식까지 바꿀 수 있는 것은 아니다.

그래서 수인들 대부분은 인간과는 떨어져서 살고 있다.

귀족이나 부유층 일부에는 수인에 대한 뿌리 깊은 차별 의식이 남아 있다고 한다.

샬롯의 부모도, 여왕도 그런 유형의 사람은 아니었다.

그러나 로라의 생일 파티에 수많은 귀족을 부르면 차별 의식을 가진 파벌이 나타날지도 모른다.

대현자나 여왕이 보는 앞에서 직접적인 차별은 없을 것이다.

그러나 문득 느껴지는 시선만으로도 마음이라는 것은 쉽게 상처 입는다.

"그러니까 이제 그만 수인과 인간 사이에 있는 이상한 벽을 치워버리는 거야. 미사키가 모험가 학교에 산다고 했을 때, 사실은 살짝 불안했어. 근데 지금은 완전히 적응했잖아? 서로 내외하고 있지만, 직접 얼굴을 마주하면 어떻게든 될 거야."

"확실히, 실제로 살아보니 모두 친절해서 깜짝 놀랐습니다. 지금은 귀와 꼬리를 만져오는 것 말고는 딱히 어려운 점은 없습니다. 가능하면 만지는 것도 법적으로 금지됐으면 좋겠습니다."

"그런 것까지 법으로 금지하는 건 좀 어렵구나."

"윽…… 폐하의 권력으로도 어려운 것입니까."

미사키는 실망한 듯이 어깨를 떨구었다.

그러나 미사키가 진심으로 쓰다듬는 걸 피하고 싶다면, 꼬리를 옷 속에 숨기면 그만이다.

그런데도 꼬리를 밖으로 내놓고 실룩거린다.

이러쿵저러쿵해도 본인도 그 손길을 즐기는 거라고 생각할 수 밖에 없다.

실제로 샬롯 일행이 만지려고 쫓아가면, 미사키는 신이 나서 도망친다.

"그래서. 수인으로서는 귀족들을 불러도 상관없는 것이냐?"

"저 혼자만의 생각으로는 결정할 수 없습니다. 일단 오이세 마을로 돌아가서 의논해보겠습니다."

"그런데 귀족이 로라 생일에 부른다고 올까?"

안나가 소박한 질문을 던졌다.

"글쎄다. 내 이름으로 초대장을 보내면 올 것 같긴 하지만, 여왕이 아무런 공적도 없는 소녀의 생일 파티를 여는 건 자연스럽지가 않아. 뭐, 오는 건 그쪽 마음이다. 초대장만 보내면 문제없겠지. 자기 뜻으로 참석하지 않으면 그쪽의 체면도 서는 것이니라."

"그렇겠지만, 로라의 부모님은 브루노 에드몬즈에 도라 에드몬즈야. 귀족 중에도 팬이 많잖아? 그 딸을 만나고 싶은 사람도 많을 거야."

"음. 귀족은 모험가 이야기를 하는 걸 좋아하지. 브루노와 도라 정도면 그 무용담을 이야기하는 것만으로 반나절은 보낼 수 있어. 물론 나도 모험가 이야기를 좋아하느니라."

"그렇지? 그리고 로라는 내 애제자이기도 해. 여왕이 생일 파티를 열어도 그렇게 이상하지 않아."

"억지 논리이기는 하지만 핑계는 되는구나."

"신수가 머리 위에 타고 있고."

"신수에게 선택된 소녀라면 특별 취급해도 어쩔 수 없구나."

"게다가 그 파자마레인저고!"

"오, 그래! 파자마레인저가 뭔가 새로운 사건을 일으킬 때마다 귀족들의 화제가 돼. 그중 한 명을 만날 수 있다고 하면, 누구나 기꺼이 참석할 것이니라!"

"그리고 수인들은 파자마레인저의 친구야!"

"차별 의식도 날아가겠구나!"

대현자와 여왕은 둘이서 신이 났다.

그러나 샬롯은 제정신이 아니었다.

귀족이 많이 참석하는 것은 문제없다. 만약 샬롯의 생일에 귀족이 온다면, 화려해져서 기쁠 것이다.

로라는 그렇게까지 화려함에 집착하지 않을지도 모르지만, 자기 생일을 축하해주는 사람이 많아졌다고 싫어할 성격은 아닐 것이다.

문제는, 파자마레인저 중 한 명으로 선전하는 것이다.

파자마레인저는 어쨌거나 샬롯 일행의 정체를 숨기기 위해 존재한다.

그런데 그중 한 명으로 선전하는 것은 본말전도다.

"저기 학장님, 폐하. 파자마레인저로 사람을 모으는 것만은 반대예요……."

"나도 부끄러워……. 특히 학교 학생들한테 들키는 건 안 돼. 전교에 퍼질 거야…… 아니, 이미 퍼진 것 같긴 하지만, 그래도 암묵적인 이해가……."

그렇다. 안나의 말이 맞다.

파티에는 같은 반인 마법학과 아이들을 부를 예정이다.

거기서 로라가 파자마레인저 중 한 명이라는 것을 밝히면, 연쇄적으로 샬롯과 안나도 파자마레인저로 여겨질 것이다.

"어머. 들키고 뭐고, 이미 다 알잖아?"

"음. 귀족들도 파자마레인저가 길드레아 모험가 학교 학생이라고 알고 있다. 뭐, 이름까지는 알려지지 않은 모양이다만."

대현자와 여왕의 말에 샬롯은 전에 없는 충격을 느꼈다.

"네?! 다들, 파자마레인저의 정체를 알고 있었어요?! 귀족들까지!"

"학교 사람들은 그렇다 쳐도, 귀족들이 어떻게……."

"그거야, 너희가 동물 잠옷 차림으로 기숙사를 어슬렁거리니까. 그럼 당연히 들키지."

"너희들. 진홍의 방패를 구했을 때, 굳이『길드레아 모험가 학교의 학생이 아니다』라고 설명하지 않았느냐? 그건 정체를 밝힌 것이나 마찬가지니라."

듣고 보니, 로라가 그런 말을 했었던 것 같다.

게다가 그 후, 교복 차림인 채로 진홍의 방패를 만나러 간 적도 있다.

진홍의 방패에서 귀족들에게로 소문이 퍼진 것이 분명하다.

다음에 진홍의 방패를 만나면 혼쭐을 내줘야 할 것이다.

"다들 아무 말도 하지 않아서 들키지 않은 줄 알았는데…… 사실은 다 꿰뚫고 있었군요."

"왠지 그럴 것 같았어……."

진심으로 충격을 받은 샬롯과는 달리, 안나는 이미 각오했었던 모양이다.

뭐, 다시 생각해보면 확실히 들킨 게 당연한 것 같기도 하지만…….

"이, 이렇게 된 거 숨길 게 없어요. 단상에서 파자마레인저 쇼를 할래요!"

"오! 보고 싶습니다!"

미사키가 꼬리를 흔들며 기대감을 드러냈다.

"죽어도 싫어."

그러나 안나가 드물게 눈썹을 치켜올리며 딱 잘라 거절했다.

샬롯도 억지로 하고 싶은 것은 아니므로 파자마레인저 쇼는 보류다.

"흠. 파자마레인저 쇼는 하지 않는 것이냐. 아쉽구나. 그럼 즐길 거리는 내가 준비하마. 이미 시작한 일이니 화려하게 준비하마."

여왕은 호기롭게 말했다.

그러나—.

"잠시만요, 폐하. 마음은 감사하지만…… 장소를 빌린 데다 파티 준비까지 폐하께 맡기는 건 좀……."

"우리 손으로 로라 생일 파티를 하고 싶어."

"그렇습니다. 돈을 들이면 되는 문제가 아닙니다."

샬롯, 안나, 미사키의 의견은 일치했다.

그럴 거면 처음부터 왕궁 따위에 오지 않으면 되지만, 어느새 일이 커져 있었다.

그래도 파티 준비는 직접 한다. 이것만은 양보해서는 안 될 마지막 선이리라.

로라가 말하지 않았나. 파티를 기대하고 있다, 라고.

그런데도 남한테 맡기는 것은 로라의 마음을 배신하는 일이다.

적어도 샬롯은 그렇게 생각했다.

"흠. 왕궁의 대강당에서 하는 파티 준비를 아이들한테 맡긴다…… 라."

"어머. 어때. 귀족들도 항상 비슷한 파티에 질렸을 거잖아? 아이들끼리만 준비한 파티라니, 분명 신기하다고 좋아할 거야."

고민하는 여왕에게 대현자가 의견을 말했다.

"……좋아, 알았다! 오늘부터 대강당을 너희한테 맡기마. 뒷일은 마음대로 해라. 물건을 부수지만 않는다면 장식하는 것도 자유다. 단, 귀족들한테 초대장을 보내는 것만은 내가 하마."

"폐하…… 고맙습니다!"

샬롯은 깊이 머리를 숙였다.

여왕은 정말 배포가 큰 사람이다.

대현자가 다양한 궤변을 들어놓았지만, 결국 로라는 아직 평범한 소녀다.

아무리 강해도 한 명의 학생에 지나지 않는다.

그 생일을 축하하기 위해 왕궁의 일부를 빌려준 데다, 파티를 아이들끼리 지휘하도록 해준다고 한다.

아무리 고마워해도 부족하다.

"이 은혜는 언젠가 꼭 갚을게."

"폐하의 크나큰 아량은 오이세 마을에서 영구히 전해질 것입니다!"

"별말을 다 하는군. 너희가 어떤 파티를 열지 기대될 뿐이니라."

여왕은 생색을 내는 법도 없이 당연하다는 얼굴을 했다.

대현자의 마법으로 아이의 모습이 되었어도, 역시 알맹이는 어른이라는 것을 실감했다.

그런 여왕의 선의에 부응하기 위해서라도, 근사한 파티를 열어야 할 것이다.

※

드디어 12월 25일 됐다.

샬롯이 생일 파티를 열어주겠다고 말한 날부터, 로라는 조금 쓸쓸한 일주일을 보내왔다.

모두가 생일 파티를 준비하고 있는 것을 알아도, 방과 후에 놀아주지 않는 것은 마음이 아팠다.

샬롯뿐만 아니라 안나와 미사키도 방과 후가 되면 어딘가로 가버렸다.

할 수 없이 하쿠와 같이 란정에 갔더니 역시 『12월 25일까지는 낮에만 영업』이라는 벽보가 붙어 있었다.

아무래도 란과 니나도 로라의 생일 파티 준비를 돕고 있는 모양이다.

그 사실 자체는 무척 기뻤다.

벽보를 보고, 로라는 히죽 웃고 말았다.

히죽거리면서도, 놀 상대가 없는 것은 역시 슬펐다.

하쿠와 공중 산책을 하거나 도서관에서 책을 읽거나 검술 연습을 하면서 열심히 시간을 보냈다.

가끔은 다른 사람들과 노는 것도 좋을 것 같아서 반 친구에게 말을 걸려고 했지만, 방과 후가 되자 모두 눈 깜짝할 사이에 교실에서 사라져버렸다.

어쩌면 반 전체가 로라의 생일 파티를 준비하고 있는지도 모른다.

그렇게 생각한 로라는 또 히죽거렸다.

샬롯이 여는 이상 분명 화려한 생일 파티이리라.

딱히 화려한 파티를 바라는 것은 아니지만, 그래도 어떤 파티일지 궁금했다.

"그런 거라면, 저도 이 외로움을 견딜게요. 외로움을 극복한 곳에 즐거움이 기다리는 걸 알면 견디는 건 간단한 일이에요."

"삐—."

"하쿠가 함께니 견디는 건 쉬워요."

"삐!"

그렇게 해서 로라는 12월 25일까지 하쿠와 둘이서 보냈다.

물론 밤이 되면 샬롯과 안나가 기숙사로 돌아와 함께 목욕을 하니, 외로운 시간은 겨우 몇 시간뿐이지만.

"샬롯. 어떤 파티를 여는 거예요?"

"우후후. 그건 비밀이에요."

"우우…… 안나. 몰래 가르쳐주세요."

"비밀."

"우우. 궁금해요!"

대중탕에서 물어봐도 이런 식이었다.

그렇게 궁금한 생일 파티의 내용을 드디어 알게 되는 것이다.

로라는 눈을 뜬 순간부터 샬롯에게 「생일이에요, 생일이에요」 하고 말을 걸었다.

"알아요. 파티장에는 방과 후에 안내할 테니까 그때까지 참아 주세요."

"우우우. 아직 끄는군요. 그렇다면 정말 파티에 자신이 있는 거군요!"

"우후후. 로라는 분명 깜짝 놀랄 거예요."

"세상에. 그런 말을 해도 괜찮은 거예요? 기대감이 더 높아졌어요!"

"더 기대하는 게 좋아요. 방과 후까지 이것저것 상상하면서 설레세요! 오호호호!"

"샬롯이 악역 같은 말을 하고 있어요……."

"삐—."

그리고 학교 식당에서 아침을 먹은 뒤 교실로 갔다.

오늘은 2학기 마지막 날이므로 일반 수업은 오전까지만이다.

오후는 에밀리아가 모두에게 숙제인 문제집을 나눠주는 것부터 시작됐다.

"즐거운 생일에 어째서 겨울 방학 숙제 같은 걸 받아야 할까요……."

"딱히 로라 생일이라서 나눠주는 게 아니야. 종업식이라서야. 여름 방학 때처럼 마지막에 한꺼번에 하지 말고 계획적으로 해!"

"네에……."

로라는 문제집을 보면서 푹 한숨을 쉬었다.

"후후. 침울한 로라도 귀여워요."

"샬롯. 남 일처럼 말하는데, 샬롯도 여름 방학 때 숙제를 깜빡했었잖아요."

"무, 물론, 겨울 방학은 제대로 할 거예요!"

"에헤헤. 당황하는 샬롯이 귀여워요."

숙제를 받은 뒤, 전교생이 체육관에 모였다.

그리고 학장인 대현자의 말씀을 들었다.

"내일부터 겨울 방학이야. 어떻게 보내든 좋지만, 너희는 어리니까 사흘 연속으로 자는 건 시간이 아까워. 잔뜩 뛰어놀아—."

사흘 연속으로 자는 건 대현자 정도다.

굳이 말하지 않아도 잔뜩 놀 작정이다.

그건 그렇고, 그렇게 놀기를 바란다면 숙제 따위 내주지 않으면 좋을 텐데.

학장님이 직접 놀라고 했으니 숙제에는 손을 대지 않았습니다—

라는 논리로 학교 측과 대결할까 하고, 로라는 순간 생각했다.

그러나 너무나도 승산이 없을 것 같은 논리라서 관두기로 했다.

그 후 교실로 돌아가, 담임인 에밀리아의 인사로 2학기를 마쳤다.

"아무쪼록 너무 지나친 행동은 삼가도록 해. 알지? 로라, 샬롯. 알지?"

"알고 있어요! 저희한테 말하지 말고, 반 전체에 말해주세요!"

"차별은 바람직하지 않아요, 에밀리아 선생님."

"겨울 방학 동안 일절 말썽을 일으키지도, 휘말리지도 않고 보낸다면 생각해볼게."

"그건……."

"어려워요……."

"어째서!"

어째서라고 해도.

말썽이 제 발로 찾아오니 어쩔 수가 없다.

애초에 대현자가 학장인 학교에서 일하면서, 마음의 평화를 바라는 에밀리아가 잘못된 게 아닐까?

그렇지만 여름 방학 숙제를 하지 않은 것은 로라와 샬롯이 백프로 잘못했고, 훈련장을 날려버린 것도 두 사람이다.

말썽 쪽에서 찾아오는 것은 분명하지만, 이렇게 생각하니, 피할 수 있었던 말썽도 꽤 있었구나 하고 로라는 새삼 반성했다.

“그럼, 수고했어. 학교는 끝. 다음은…… 로라의 생일 파티장으로 이동할게.”

에밀리아가 그렇게 말하자, 반 전체가 「예스!」 하고 들떠서 일어났다.

“드디어! 그건 그렇고, 에밀리아 선생님도 제 생일을 축하해주시는군요!”

“샬롯한테 초대장을 받았으니까. 그나저나…… 굉장한 곳을 파티장으로 골랐어…….”

“에밀리아 선생님! 파티 장소는 아직 로라한테 비밀이에요!”

“아, 그랬었지! 미안해.”

에밀리아가 샬롯에게 야단맞고 사과하는, 참으로 드문 일이 일어났다.

“아직 비밀이에요오?”

“지금부터 안내할게요. 자, 저를 따라오세요. 오호호호호!”

“또 샬롯이 악역이 됐어요!”

로라는 큰 소리로 웃는 샬롯을 뒤따라갔다.

그러자 에밀리아와 반 아이들도 졸졸 따라왔다.

이만한 인원을 수용할 수 있는 장소를 준비하는 것만으로도 힘들었을 텐데.

지난 일주일 동안 샬롯 무리가 해온 노력을 상상하고, 로라는 히죽히죽 웃었다.
“아? 그런데 안나나 다른 사람들은요?”
“파티장에서 만나기로 했어요. 다들 파티장에서 로라를 기다리고 있을 거예요.”
“그렇군요! 에헤헤. 작년까지는 엄마, 아빠뿐이어서 친구들한테 축하받는 건 처음이에요.”
로라 일행은 왕도의 중심부로 향했다.
중심부라기보다, 진짜 중심에 와버렸다.
그것은 지리적인 의미뿐만 아니라, 이 나라 행정의 중심이기도 하다.
즉, 왕궁이다.
“……음. 왕궁과 제 생일이 무슨 관련일까요.”
“우후후. 여기가 파티장이에요~.”
샬롯은 문 앞에서 자랑스레 선언했다.
“아.”
그러나 로라는 금방 의미를 이해하지 못하고, 입을 딱 벌렸다.
“훌륭한 반응이에요, 로라. 애쓴 보람이 있어요. 하지만 놀라는 건 지금부터예요!”
문지기는 로라 무리를 보고 막기는커녕 문을 열어주었다.
아무래도 진짜 로라의 생일 파티를 왕궁에서 하는 모양이다.

화려할 거라고는 예상했지만, 설마 이 정도일 줄이야.

“로라는 여기서 샬롯과 같이 기다려줘―.”

같은 반인 케이트가 그렇게 말하고, 에밀리아와 다른 급우들을 데리고 한발 먼저 문 안으로 들어갔다.

로라는 여전히 어떻게 반응해야 할지 몰라, 「흐아……」 하고 얼빠진 소리를 내며 샬롯 옆에 우뚝 서 있었다.

“……자, 시간이 됐어요. 가요, 로라.”

“앗, 네!”

샬롯의 손에 이끌려, 로라는 왕궁 안으로 발을 들였다.

그 순간.

파랗던 하늘이 별이 총총한 밤하늘로 바뀌었다.

그것과 동시에 왕궁의 상공에서 펑펑 하는 소리가 울려 퍼졌다.

불꽃이다.

한두 발이 아니다.

형형색색의 불꽃이 연이어 왕궁의 뜰에서 밤하늘을 향해 쏘아 올려졌다.

“우와…… 아름다워요…….”

“삐―!”

로라는 그만 우뚝 멈춰 서서 넋을 잃었다. 하쿠도 로라의 머리 위에서 흥분한 목소리로 외쳤다.

그러나, 이상하다.

시간은 아직 네 시도 되지 않았다. 실제로 조금 전까지는 파란 하늘이었다.

그런데 왕궁 안에 한 걸음 들인 순간, 밤이 됐다.

"이건 마법…… 하지만 낮을 밤으로 바꾸는 마법을 쓸 수 있는 건…… 이건 학장님이 한 거군요!"

"맞았어요. 그리고 저 불꽃은 마법학과 모두가 지난 일주일 동안 연습한 마법이에요! 로라를 위해 천 발 연속 발사예요!"

"와!! 빨리 돌아간다 했더니 이걸 연습했던 거군요…… 너무 기뻐요!"

"나중에 모두한테 고마움을 전하세요! 자, 이 불꽃 속을 걸으면서 대강당까지 가는 거예요."

"네!"

하늘을 가득 메우듯이 펼쳐지는 불꽃 아래를, 로라는 샬롯과 함께 걸었다.

아직 파티가 시작되지도 않았는데 이렇게나 깜짝 놀라고 말았다.

실제 파티는 얼마나 굉장할까.

"저기가 대강당이에요."

대강당은 늘 쓰던 정면 현관과는 다른 입구가 나 있어, 바로 들어갈 수 있는 모양이다.

입구 앞에는 반 아이들이 한자리에 모여, 하늘을 향해 마법으로 불꽃을 쏘아대고 있었다.

"아, 로라가 왔어."

그때 반장이 처음으로 이쪽을 눈치챘다.

"모두, 발사 중지!"

케이트가 신호해 불꽃을 멈췄다.

그리고 주머니에서 종이 폭죽을 꺼내, 일제히 빵 하고 터뜨렸다.

"로라, 생일 축하해―!"

반 아이들이 일제히 외쳤다.

자세히 보니 그중에 안나도 섞여 있었다.

그리고 로라의 바로 옆에서도 종이 폭죽이 터졌다.

샬롯이다.

"생일 축하해요, 로라!"

"아. 잠깐, 샬롯. 치사한 거 아냐? 혼자만 늦게 터뜨려서 튀고!"

케이트가 불만을 말했지만, 샬롯은 시치미 떼는 얼굴이다.

"우후후. 일부러 그런 게 아니에요. 어쩌다 그런 거예요."

"아니. 지금 건 백프로 고의야. 케라우노스…… 해치워."

안나가 눈을 가늘게 뜨고, 벼락의 마법검에게 명령했다.

그러자 샬롯에게 벼락이 떨어졌다.

"오다다다다다!"

감전된 샬롯은 파지직파지직 하고 연기를 피우면서 쓰러졌다.

"안나, 굉장해! 전사학과인데도 공격 마법을 쓸 수 있구나—."

케이트는 샬롯을 걱정하는 기색도 보이지 않았다.

다른 학생들도 마찬가지다.

마법학과 1학년들에게 샬롯이 이렇게 되는 것은 일상이다.

그것보다 모두 안나의 전기 공격 마법에 깊은 관심을 보였다.

"……이 검 덕분이야."

"부유 보물고에서 구한 거지? 좋겠다—. 자세히 보고 싶다—."

"……다음에."

마법학과 학생들에게 둘러싸인 안나는 겸연쩍은 듯이 뺨을 긁었다.

제법 친근하다.

로라의 생일 준비를 하면서 친해진 걸까.

"너, 너무해요! 갑자기 벼락을 내리다니…… 다른 사람이었으면 죽었어요!"

샬롯은 벌떡 일어나 눈을 치뜨고 성을 냈다.

"샬롯이라면 괜찮을 거라 믿었으니까 한 거야."

"안나…… 후후…… 확실히 저라면 불시의 벼락도 무의식중에 친 방어 결계로 치명상을 막을 수 있어요. 그걸 꿰뚫어 보다니 역시 안나예요!"

Oh...!

화를 내던 샬롯은 순식간에 기분을 풀고, 오히려 기쁜 듯이 뺨을 붉혔다.

여전히 쉬운 사람이다.

“로라. 안으로 들어가자. 다들 목 빠지게 기다리고 있어.”

“네! 이미 너무너무 기쁘지만 아직 뭐가 있는 거죠?!”

“있어, 있어. 잔뜩 있어.”

안나는 손짓하면서 말했다.

아무래도 생일 파티는 아직 서막인 모양이다.

※

안나와 샬롯이 각각 문손잡이를 쥐고, 대강당으로 통하는 문을 열어주었다.

그러자 안쪽에서 불빛과 함께 박수갈채가 쏟아졌다.

“와! 굉장해!”

로라는 저절로 말하고 말았다.

그 정도로 많은 사람이 있었다.

반 아이들이 전부 와준 것만으로도 굉장하다고 생각했었는데.

대강당에는 상상을 초월하는 광경이 펼쳐져 있다.

먼저 시선을 끈 것은 수인들이다.

미사키가 있고, 비슷한 귀와 꼬리를 가진 오이세 마을의 수인들이 로라를 보면서 박수를 치고 있다.

그 산 위에 있는 마을에서 일부러 로라를 위에 와준 걸까.

게다가 마을 주민 전원이 온 모양이다.

"삐—."

오이세 마을의 수인들을 기억하고 있었는지, 하쿠가 로라의 머리 위에서 일어나 반가운 듯이 울었다.

"아! 하쿠 님이다!"

"건강해 보여."

"응. 인간한테 맡기는 건 불안했는데, 로라 씨는 하쿠 님을 제대로 보살펴주고 있는 것 같아."

"그러니까 걱정은 쓸데없다고 한 것입니다. 미사키의 눈은 정확합니다."

굳이 따지자면, 로라보다 하쿠가 목적인 느낌이다.

그래도 로라의 생일에 모여준 것은 변함없다.

오이세 마을의 수인들은 여름 방학의 일로 만났을 뿐, 접점은 거의 없는데도 와주었다. 정말 고마웠다.

그리고 대현자.

이 사람이 있는 것은 예상대로라서 특별히 놀랍지 않다.

그러나 모습은 뜻밖이었다.

어찌 된 일인지 상어 잠옷을 입고 있다.

"……학장님. 왜 상어 차림이세요?"

"아. 그야 파티니까 재미있게 입는 게 좋겠다 싶어서. 캬— 먹어 버릴 테다—."

"음…… 학장님은 존재 자체가 재미있어서 딱히 복장까지 바꿀 필요는 없을 것 같은데요."

"그건 칭찬이야?"

"물론이에요!"

"그래? 그럼 기뻐할게. 후후."

그리고, 대현자는 웃으면서 에밀리아에게 달라붙어, 무는 시늉을 했다.

"자, 잠깐, 학장님! 갑자기 뭐 하시는 거예요!"

"존재 자체가 재미있다고 하니까, 재미있는 걸 하려고."

"하나도 재미없어요!"

에밀리아가 비명을 질렀다.

그러나.

"아. 저는 보고 있으니 재미있어요."

"거봐. 로라가 재밌다잖아. 오늘 주인공은 로라니까 로라가 기뻐하는 걸 하자. 얍얍."

"그렇다고…… 인형탈 이빨로 물지 마세요!"

어차피 천으로 된 이빨이므로 아무리 물어도 아프지는 않을 것이다.

그러나 여러 사람 앞에서 이런 상황은 부끄럽다.

로라가 가벼운 마음으로 재미있다고 하는 바람에 에밀리아가 곤란해지고 말았다.

그러나 이 말썽은 대현자의 책임이다. 로라는 잘못이 없다.

"어이—. 로라. 생일 축하한다."

"설마 궁전에서 생일 파티를 하다니…… 로라도 참 출세했어~."

로라가 대현자와 에밀리아를 보고 있자니, 옆에서 누군가가 말을 걸어왔다.

그것은 로라를 가장 안심시키는 사람들의 목소리였다.

"아빠! 엄마! 와주셨군요!"

그곳에 있던 것은 턱시도를 입은 아빠 브루노와 이브닝드레스를 입은 엄마 도라였다.

두 사람은 왕도에서 마차로 꼬박 하루 정도가 걸리는 곳에 있는 마을 밀레베룬에 살고 있다.

두 사람 다 마법사가 아니라서 로라처럼 한 번에 날아서 이동할 수는 없다.

오늘을 위해 마차로 온 것이리라.

"샬롯이 일부러 초대장을 갖고 와줬어. 그럼 안 올 수가 없지!"

“왕궁에서 한다는 걸 듣고 정말 놀랐어. 그래서 힘 좀 줘서 이런 옷을 사봤는데. 어울리니?”

“응! 엄마는 예쁘고 아빠는 멋져! 와주셔서 고마워요!”

“딸 생일을 축하하기 위해서인걸. 그것도 열 살은 인생의 한 마디니까. 무엇보다, 샬롯이 불러줬기 때문이지만. 샬롯, 앞으로도 로라를 잘 부탁해.”

도라는 샬롯을 향해 미소 지었다.

“무, 물론이에요! 로라는 평생 저한테 맡기세요!”

샬롯은 그렇게 말하고, 로라를 꼭 끌어안았다.

“……샬롯, 치사해. 독점은 안 돼.”

그렇게 중얼거리며, 안나도 껴안아왔다.

“하하하. 로라는 인기쟁이네.”

“정말. 좋은 친구가 생겨서 다행이야—.”

브루노와 도라는 무척 기쁜 듯이 말했다.

부모님의 칭찬에 로라도 기뻤다.

“로라. 생일 축하한다해. 전부터 스케일이 큰 애인 줄은 알았지만, 설마 왕궁에서 생일 파티를 할 줄은 몰랐다해.”

“열 살 생일, 축하해, 로라. 설마 내 인생에서 왕궁에 들어올 일이 있을 줄은 몰랐어…… 좋은 경험이 됐지만, 긴장되니까 내년에는 좀 더 평범한 곳으로 해줘.”

이번에는 라멘 가게 란정의 두 명이 다가왔다.

란도 니나도 언제나 라멘 가게에서 일할 때 입는 차이나 드레스 차림이다.

그런데도 왕궁에서도 위화감이 없다.

그러고 보니 예전에 차이나 드레스는 란의 고국인 『라아』에서는 정장이라고 들은 적이 있다.

위화감이 없는 것은 그 때문이리라.

"어머. 이분들도 로라 친구들이니?"

도라가 란과 니나를 보고 물어왔다.

"응! 왕도에서 라멘 가게를 하는 란 씨와 종업원 니나 씨. 아, 라멘이라는 건, 대륙 동쪽에 있는 라아라는 나라의 요리야. 완전 맛있어! 어설픈 오믈렛보다 맛있어!"

"이야. 로라가 오믈렛과 비교한다는 건 정말 맛있는 거구나."

"모처럼 왕도에 왔으니 그 라멘이라는 걸 먹어보고 싶군."

도라도 브루노도 라멘이 궁금한 모양이다.

그러자 란이 눈을 반짝이며 주먹을 불끈 쥐었다.

"역시 로라의 부모님이다해. 이야기만 듣고 라멘의 매력을 알다니 대단하다해. 꼭 란정에 와달라해. 아니…… 실은 오늘 파티에 라멘을 낸다해. 나중에 먹어달라해."

"호호우! 그거 기대되는군!"

“시골에 살면 새로운 것에 어두워지니까 가끔 왕도에 오는 것도 중요해.”

그리고 로라의 부모는 관정의 두 명과 잡담을 나누기 시작했다.

예기치 않은 곳에서 인연이 이어졌다.

“오, 로라. 너도 드디어 열 살이 됐구나. 그런 것치고는 작은 것 같기도 하다만…… 아무튼, 축하하느니라.”

이번에는 여왕이 찾아왔다.

말할 것도 없이 이 나라에서 가장 높은 사람이자 이 왕궁의 주인이다.

로라는 꾸벅 머리를 숙여 파티장을 빌려준 것에 대해 고마움을 전했다.

“샬롯이 이것저것 무리한 부탁을 했을 거로 생각되지만, 아무튼 고맙습니다!”

“로, 로라! 저는 딱히……!”

“하하하. 확실히 샬롯은 그러지 않았다. 나한테 무리한 부탁을 할 수 있는 사람은 대현자 정도니라. 뭐, 내가 이 파티를 지휘하려고 했더니 『자기들이 직접 준비한다』고 거부했을 때는 살짝 놀랐지만 말이다.”

여왕은 즐거운 듯이 웃으면서 말했다.

“폐하…… 그, 그게…… 저는 그저 로라의 생일을 축하해주고 싶었을 뿐…… 그…… 폐하께 불경을 저질러버린 것에 대해서는 사죄드릴게요오."

"나는 신경 쓰지 않는다. 그러니 샬롯도 신경 쓰지 말아다오. 그것보다, 로라야. 미안하지만, 저 녀석들과 잠시 인사해주겠느냐? 귀족들이 너를 알고 싶어 하는구나."

"……귀족? 아, 혹시, 저 처음 보는 분들은 귀족인가요?"

이 대강당 안에 몹시 비싸 보이는 옷을 입은 한 무리가 백 명쯤 있었다.

아무리 기억을 더듬어봐도 로라는 그 사람들을 떠올릴 수 없었다.

"그래. 너는 모르겠지만 저 녀석들은 파자마레인저의 팬이니라. 그래서 네 생일을 축하하려고 모인 것이야."

"으아아! 파자마레인저의 정체는 비밀이에요!!"

"……로라야. 너는 비밀이겠지만, 주변에는 다 퍼졌다. 실제로 반 아이들도 네가 파자마레인저인 걸 알고 있었어."

"……으아아아아?!"

여왕의 말을 듣고, 로라는 너무 놀란 나머지 비명을 지르며 펄쩍 뛰고 말았다.

파자마레인저의 정체가 선생님들에게 밝혀진 것은 알고 있었다.

그러나 학생들한테까지 비밀이 샜었다니…….

"누, 누가 퍼뜨린 거예요?!"

로라가 범인을 찾아 고개를 두리번거리자, 같은 반인 케이트가 미안해하며 말해왔다.

"퍼뜨린 게 아니라…… 로라 일행은, 씻고 나면 동물 잠옷 차림으로 여자 기숙사를 어슬렁거리잖아? 파자마레인저는 삼인조고…… 대형 몬스터를 쓰러뜨릴 듯한 여자애는, 로라 무리 말고는 생각할 수 없으니까…… 분명 그렇겠거니 한 거야."

"괴, 굉장해…… 놀라운 추리력…… 그, 그래도 모두가 그 정도 추리력을 갖고 있는 건 아니잖아요?!"

"음…… 적어도 여자는 전부, 눈치채고 있었어—."

"사실은 명탐정 학교였던 거예요?!"

적은 힌트로 파자마레인저와 로라 무리를 연결 짓다니.

그것도 한두 명이 눈치챈 게 아니라 전원이 진실에 도달해 있었던 모양이다.

모험가에게는 전투력뿐만 아니라 통찰력도 요구되지만, 이미 전문가 수준이다.

"로라. 말해두는데, 나는 들켰을 거라고 생각했어."

안나가 담백한 투로 말했다.

"저도…… 동물 잠옷 차림인 채로 지내면, 역시 들키지 않을까라고 예감했어요."

"샬롯까지?! 예감했다면 지적해주세요. 어째서 동물 잠옷을 계속 입은 거예요?"

"그건…… 동물 잠옷이 귀엽기 때문이에요!"

"아! 확실히 파자마레인저의 정체를 보호하는 것도 중요하지만, 동물 잠옷은 평소에도 입고 싶으니 어쩔 수 없어요."

"덕분에 우리가 파자마레인저인 게 다 드러났었어요. 하지만 여러분은 우리의 정체를 알고도 계속 변함없이 친구로 있어주셨어요. 저는 훌륭한 반 친구들을 둬서 감격스러워요!"

듣고 보니, 반 전체는 진즉부터 로라 일행의 정체를 알고 있었으면서도 전혀 특별한 태도를 취하지 않았다. 계속 평범한 친구로 있어주었다.

반 친구의 정체가 그림책에 나올 법한 변신 히어로라는 것을 알면, 평정심을 유지할 수 없을 텐데 말이다.

그것을 겉으로 드러내지 않은 그들과 그녀들에게, 로라는 고마웠다.

그러나 케이트는 그 고마운 마음에 찬물을 끼얹은 말을 했다.

"그야, 로라도 샬롯도 그리고 안나도, 입학했을 때부터 계속 특별했잖아. 그게 파자마레인저였다고 해도 『아— 그렇구나』라는 느낌이야—."

"으음. 우리가 그렇게 특별했었나요?"

로라는 입학한 이후부터 지금까지의 일들을 머릿속으로 되돌아봤다.

그리고 짚이는 것이 꽤 있어서 깜짝 놀랐다.

"우후후. 로라는 입학하자마자 에밀리아 선생님과 결투. 안나는 1학년이면서 가장 검술이 강해요. 그리고 저는…… 이 넘치는 기품! 고저스한 느낌! 특별 취급을 받아도 어쩔 수 없어요."

샬롯은 머리카락을 쓸어 올리며 가슴을 젖혔다.

기품은 모르겠지만 고저스한 것은 확실했다.

"너희는 정말 기운이 넘치는구나…… 아무튼, 귀족들을 만나러 가자."

"네! 하지만…… 귀족은 높은 사람들이잖아요. 살짝 긴장돼요."

"무슨 말이야. 내가 더 높다. 그보다, 대현자를 매일 대하고 있으면서 귀족 따위를 겁내서 어쩌겠다는 것이야."

"듣고 보니 그러네요!"

귀족이라는 존재에, 로라는 비일상적인 인상을 갖고 있었다.

자신이 그렇게 높은 사람과 엮이게 될 거라고는 생각하지 않았지만, 본인이 말한 대로 귀족보다 여왕이 훨씬 높다.

더욱이 대현자도 역사에 이름을 남길 위인이다. 어떤 의미로 귀족은 물론이고 여왕보다도 높다. 그러한 사회적인 지위와는 다른 영역에 있는 사람이다.

로라는 이미 위인들과 아는 사이였다.

그렇다면 귀족이 나타났다고 해서 긴장할 필요는 없다.

※

"소개하겠다. 파자마레인저의 개 안의 사람이자, 오늘 열 살 생일을 맞은 로라 에드몬즈니라."

"로라 에드몬즈예요! 오늘은 제 생일 파티에 참석해주셔서 감사드려요! 정말 기뻐요!"

로라는 귀족들을 향해 꾸벅 인사했다.

그러자 하쿠가 날아올라, 덩달아 꾸벅 인사했다.

"삐—."

"오! 네가 파자마레인저 멍멍 1호의 정체구나. 이야, 귀여운 아가씨야."

"에헤헤. 고맙습니다."

귀엽다는 말을 들은 로라는 수줍어서 머리를 긁적였다.

"정말 흰 드래곤을 데리고 다니는군요. 실례지만, 얘가 신수 하쿠라는 건 정말이에요?"

여성 귀족이 하쿠를 흥미진진한 눈으로 바라보면서 물어왔다.

"네. 하쿠는 신수예요. 그래서 오이세 마을의 수인분들도 여기 와 있는 거예요."

"네, 그런 것 같네요. 그나저나, 수인은 좀 더 털이 북슬북슬할 줄 알았는데…… 사람과 별반 다르지 않네요."

"오히려 귀와 꼬리가 복슬복슬해서 굉장히 귀여워요!"

"네. 저도 그렇게 생각해요. 저 꼬리…… 만져볼 수 없을까요."

여성 귀족은 황홀한 눈빛으로 수인들을 바라보고 있었다.

수인들은 그 시선을 눈치채지 못하고, 대강당 안의 장식을 보면서 시끌벅적하게 떠들고 있다.

"모두 마음씨가 고운 사람들이니 부탁하면 만지게 해줄지도 몰라요!"

"그럼 용기를 내서 나중에 부탁해볼게요."

여성 귀족은 몹시 진지한 얼굴이었다.

어지간히 꼬리를 만지고 싶은 모양이다.

인간 귀족에게 갑자기 「꼬리 만지게 해줘」라는 말을 들으면, 수인들이 놀라 자빠질 게 분명하다.

그러나 그것을 계기로 친해질지도 모른다.

수인에 대한 차별은 아직 완전히 사라지지는 않았다고 들었다.

로라의 생일 파티가 그것을 조금이라도 좋은 방향으로 돌리는 데 도움이 된다면, 무척 기쁜 일이다.

"그리고 금발이 샬롯 가자드. 붉은 머리가 안나 아네트다. 샬롯이 토끼고, 안나가 고양이였던가?"

여왕은 두 사람도 귀족들에게 소개했다.

"네. 제가 파자마레인저의 토끼토끼 3호. 샬롯 가자드예요. 기억해주시길."

"그 가자드 가문의 딸이 파자마레인저 중 한 명이었다니. 강한 것도 납득이 가."

"영광이에요."

한 귀족이 가자드가를 칭찬했기에 샬롯은 머리 숙여 화답했다.

"안나 아네트라는 이름…… 어디선가 들은 적이 있어요. 혹시, 14년 전에 성문 앞에서 거둬졌다는 여자애……?"

여성 귀족이 물었다.

"네. 그 안나 아네트예요."

안나의 부모는 행상인이었다.

그러나 가도에서 고블린의 습격을 받고, 아버지는 살해당하고 말았다.

어머니는 빈사 상태에 놓여서도 갓 태어난 안나를 안고 왕도의 성문까지 도망쳤다. 그리고 안나를 문지기에게 맡기고, 그 자리에서 숨을 거두고 말았다.

그 후 고블린은 소굴째 제거됐다.

그러나 고블린이 죽었다고 안나의 부모가 살아 돌아오는 것은 아니다.

왕도 부근의 가도에서 나그네가 몬스터의 습격을 받았다고 해서 당시 상당히 화제가 됐던 모양이다. 여성 귀족은 그것을 기억하고 있었다.

"고생이 많았겠어요……."

"아뇨. 보육원 사람들은 다정했어요. 그래서 별로 고생스럽지 않았어요."

안나는 담담히 대답했다.

실제로 보육원은 좋은 사람들뿐이므로 안나는 진심으로 말했을 것이다.

참고로 그 보육원의 아이들도 대강당에 와 있었다.

바로 지금 미사키의 등 뒤로 몰래 다가와, 꼬리를 만지고 있다. 그러나 수녀님의 꿀밤에 쓰다듬기는 중단됐다. 그리고 수녀님이 미사키에게 연신 사과했다. 활기찬 아이들이다.

"보육원 운영은 어렵지 않나요? 혹시 필요하면 말해주세요. 기부할게요."

"그 보육원은 지금 여왕 폐하가 운영해주고 계셔서 괜찮아요."

"어머나. 역시 폐하세요."

여성 귀족의 칭찬에 여왕은 「후훗」 하고 웃으며 평평한 가슴을 펴고 으스댔다.

"정말이야. 여왕 폐하가 있는 한, 이 나라는 걱정 없어. 대현자의 마법으로 작아졌지만 그 재기는 조금도 녹슬지 않았어."

"작아진 만큼 수명도 늘어난 거 아닐까요? 오히려 정기적으로 작아지는 마법에 걸려서 이대로 영원히 이 나라를 다스려주셨으면 좋겠어요."

그렇게 주위의 귀족들이 여왕을 칭송하기 시작했다.

그러나 정작 여왕은 복잡한 표정을 지었다.

"이봐라. 작다 작다 하지 마라! 나는 한시라도 빨리 원래 모습으로 돌아가고 싶느니라!"

"확실히 예전의 여왕 폐하는 아름다우셨어. 하지만 지금의 귀여운 모습도 이건 이것대로 훌륭해. 어떨까요? 계절이 바뀔 때마다 모습을 바꾸는 건……."

"그런 성가신 짓은 못 해먹는다!"

여왕은 귀족의 농담을 듣고 눈썹을 치켜올렸다.

그러나 그곳에 상어 잠옷을 입은 마법사가 찾아왔다.

대현자다.

"어머. 그거 재밌겠는데? 내년부터는 그렇게 할래?"

"웃기지 마라! 내년에는 원래 모습으로 돌려놔라!"

"으음…… 그건 좀 시시한데."

"너는 정말 지독하구나……."

여왕과 대현자의 대화를 듣고, 귀족들이 와르르 웃음을 터뜨렸다.

전부터 여왕은 스스럼없는 사람이라고 생각했었지만, 그건 궁정에서도 마찬가지인 모양이다.

"안 되지, 안 돼. 대현자하고 대화하고 있다가는 영원히 끝나지 않아. 그것보다, 로라야. 저기 단상에 올라가서 인사를 해다오. 네가 주인공이니 말이다."

"앗, 인사요?! 이렇게 많은 사람 앞에서…… 게다가 단상에서…… 너무 부끄러워요……."

"세상에. 너, 많은 사람 앞이 부끄럽다는, 제대로 된 감성을 갖고 있었구나. 놀랐어."

"폐, 폐하! 그건 너무하세요! 저는 평범해요!"

여왕은 로라를 뭐라고 생각했던 걸까.

확실히 대현자에게 이런저런 가르침을 받으면서 제자처럼 되었지만 그렇다고 대담한 신경까지 이어받은 것은 아니다.

이래 봬도 로라는 입학 첫날 자기소개 때 긴장해버릴 만큼 섬세한 마음을 갖고 있다.

학교생활을 통해 성장해서 이제 반 아이들 앞에서 말하는 정도로는 겁먹거나 하지 않는다.

그러나 이곳은 익숙한 교실이 아닌 왕궁의 대강당이다. 더욱이 몇백 명이라는 사람이 모여 있다. 난이도가 지나치게 높다.

"미안하다, 미안해. 적어도 대현자보다는 평범한 것 같구나. 안심했어. 아무튼, 간단히라도 좋으니 인사하거라."

비교 대상이 대현자라는 것은 불만이지만, 일단은 평범한 것을 알아줘서 로라는 기분을 풀었다.

먼저 여왕이 단상에 올라가 모두의 주목을 모으고 자리를 조용히 만들었다.

"환담 중에 미안하지만, 오늘의 주인공 로라 에드몬즈를 소개하겠다. 그렇다고는 해도 이곳에 모인 사람들 대부분은 나보다 로라와 친하겠지. 그러니 내가 길게 얘기하지 않겠노라. 자, 로라."

여왕과 바꿔 로라가 단상에 섰다.

이렇게 높은 위치에서 둘러보니, 정말로 굉장한 인파다.

전사학과 1학년 반 친구들. 오이세 마을의 수인들. 귀족들.

모두가 로라를 보고 있다.

과연 무슨 말을 하면 좋을까.

"삐—."

로라가 굳어 있는데, 머리 위에서 하쿠의 울음소리가 들려왔다.

아무래도 격려해주는 모양이다.

더욱이 단상 바로 밑에서 브루노와 도라가 손을 흔들고 있다.

그 옆에서는 샬롯과 안나가 주먹을 불끈 쥐고 승리의 포즈를 취하고 있었다.

힘내, 라는 모두의 목소리가 들려오는 것 같다.

덕분에 로라는 제법 긴장이 풀렸다.

※

"으음…… 로라 에드몬즈입니다. 오늘은 제 열 살 생일에 모여주셔서 진심으로 감사드립니다. 샬롯에게 생일 파티를 해달라고 부탁했더니, 이렇게 화려한 파티가 돼버렸어요.

파티를 준비해주신 여러분…… 얼마나 많은 분이 도와주셨는지는 모르지만, 감사합니다.

반 모두가 학교가 끝나자마 사라졌던 건 오늘을 위해서였죠? 저는 여러분의 생일에 아무것도 해준 게 없는데…… 감사합니다! 내년에는 저에게도 뭔가 하게 해주세요. 아무렴 이렇게까지 화려한 파티는 못 해드리겠지만요…….

폐하, 이곳을 빌려주셔서 감사합니다. 이렇게 근사한 생일은 처음이에요. 얼른 원래 모습으로 돌아갈 수 있으셨으면 좋겠어요. 그래도 저는 같은 작은 동지로서 조금 더 이대로의 폐하로 계셔주셨으면 해요.

아빠, 엄마. 일부러 밀레베룬에서 와주셔서 감사해요. 아빠, 엄마가 낳아주시고 길러주신 덕에 저는 지금 여기에 서 있어요. 두

분이 제 부모님이라서 정말 다행이에요. 겨울 방학에 또 놀러 갈게요. 그래도 여름 방학 때처럼 되지 않도록, 숙제를 끝낸 뒤에 갈게요.

학장님, 에밀리아 선생님. 항상 다양한 걸 가르쳐주셔서 감사합니다. 늘 걱정 끼쳐드리고 있지만, 이제 열 살이 됐으니 아홉 살 때보다는 차분해질 거예요. 걱정 마세요.

미사키와 수인 여러분. 저에게 하쿠를 맡겨주셔서 감사해요. 저와 하쿠는 단짝이에요. 어엿한 신수로 키워낼 테니 안심해주세요. 그리고 늘 미사키의 꼬리를 만져서 죄송해요. 앞으로는 자제할 테니까 미사키도 꼬리로 저를 유혹하지 않도록 주의해주세요.

란, 니나. 언제나 맛있는 라멘을 만들어주셔서 감사해요. 모험가 라멘을 먹으면 기운이 백배가 돼요. 그래도 특 곱빼기로 먹으면 살찌니까 다음에 에밀리아 선생님이 특 곱빼기를 주문해도 거절해주세요.

보육원 분들도 와주셔서 감사합니다. 와인 만들기, 내년에는 잘 됐으면 좋겠어요. 저는 아직 술은 못 마시지만, 어른이 되면 꼭 마셔보고 싶어요.

귀족 여러분. 오늘 처음 뵙는 분들뿐인데도 따뜻한 말을 건네주셔서 감사합니다. 앞으로 더욱더 친해졌으면 좋겠어요. 이 파티를 계기로 모두 친구가 될 수 있었으면 좋겠어요.

하쿠. 저에게 와줘서 고마워요. 강에서 주운 알에서 하쿠가 나오고, 저에게서 떨어지지 않았을 때는 어떻게 되려나 하고 걱정했지만, 지금은 하쿠가 없는 삶은 생각할 수 없어요. 이제 제 머리 위가 완전히 지정석이에요. 하지만 부지런히 직접 날지 않으면 다시 살찔 거예요!

그리고 샬롯. 안나.

왕도에 오고 나서 많은 친구가 생겼어요. 모두 소중한 친구들이에요. 그래도 역시 두 사람이 가장 친한 친구예요. 샬롯과 안나가 있어준 덕분에 학교생활이 무척 즐거워요. 앞으로도 계속 친하게 지내주세요! 그리고 졸업하면 셋이서…… 아니, 하쿠까지 함께 모험을 해요!"

로라는 모두의 얼굴을 보면서, 떠오르는 말을 줄줄이 말했다.

마지막은 역시 샬롯과 안나다.

이곳에 모인 모두가 로라의 생일을 축하하기 위해 모여주었지만, 아무래도 다른 사람들에게 하는 말보다 힘이 들어가버렸다.

이것은 별로 좋지 않을지도 모른다.

그러나 누구도 비난하는 시선은 보내지 않았다.

그러기는커녕 우렁찬 박수가 터져 나왔다.

모두가 웃는 얼굴이었다.

다만 브루노와 샬롯은 닭똥 같은 눈물을 흘리며 박수를 치고 있다.

도라와 안나도 살짝 눈물을 글썽이고 있었다.

딱히 슬퍼서 우는 것은 아닐 테니, 로라의 말에 뭔가 감동받은 것이 있었던 것이리라.

언제나 신세 지고 있으니 모두에게 고맙다고 말한 것뿐이지만.

그러나 울고 있는 네 사람을 보고 있자니, 로라도 어쩐지 눈물이 터져 나왔다.

"으음…… 아빠, 엄마께는 아무리 감사드려도 모자라고, 또…… 샬롯과 안나도…… 모두 다 좋아요…… 계속 여러분과 같이 있고 싶어요…… 흑, 흐아아아아앙!"

"로라! 모두 앞에서 이렇게 야무지게 인사를 하고…… 다 컸구나, 로라! 아빠는 감격스럽다…… 흐어어어엉!"

"로라, 저도 로라와 영원히 죽 같이 있고 싶어요! 아아, 로라, 로라아아아아!"

셋이서 대성통곡을 했다.

브루노를 도라가, 샬롯을 안나가 달래고 있다.

그러나 로라 옆에는 하쿠뿐이었다. 하쿠가 아무리 「삐―」 하고 울어도 무슨 말을 하는 건지 모르고, 너무 작아서 매달릴 수도 없다.

"너희는 왜 우는 것이냐…… 수습이 안 되기 시작했으니 건배부

터 하자꾸나. 모두, 잔을 들었느냐? 자, 로라. 포도 주스다. 그만 울음을 그치거라."

보다 못한 여왕이 단상에 올라 로라에게 잔을 건넸다.

다른 모두에게도 시녀들이 잔을 서빙하고 있다.

분명 아이는 포도 주스고 어른은 와인이리라.

"음. 잔이 다 돌아갔구나. 그럼, 로라의 열 살 생일을 위하여 건배!"

"거, 건배!"

여왕이 신호해주었기에 로라는 눈물을 닦고 잔을 높이 들었다.

그러자.

""""건배!""""

모두가 일제히 잔을 들어주었다.

그리고 잔에 든 것을 마셨다.

꿀꺽꿀꺽.

포도 주스가 아주 맛있었다.

로라는 울고 있었지만, 저도 모르게 빙긋 웃고 말았다.

"삐—."

"아, 하쿠도 마시고 싶어요? 여기요."

잔을 높이 들어 올리자, 머리 위에 있던 하쿠가 목을 뻗어 포도 주스를 할짝할짝 핥았다.

"삐!"

"맛있죠?"

"정말 포도 주스로 울음을 그쳤구나…… 솔직한 애야. 자, 이제는 편하게 먹고 마시도록 해라. 샬롯 무리가 준비한 요리 말고도, 나도 소소하게 준비했다."

"와! 감사해요. 오믈렛도 있나요?"

"네 생일에 오믈렛이 없을 리 없지. 서서 먹는 파티니 마음껏 먹거라."

"와!"

※

파티장 곳곳에 깔린 테이블에 시녀들이 요리를 진열해갔다.

쿠키와 도넛, 치즈 케이크 같은 학교 축제 때 메이드 카페에서 팔던 음식이 섞여 있었다. 분명 반 아이들이 준비해준 것이다.

축제를 한 지 아직 두 달 정도밖에 지나지 않았지만 벌써 그립게 느껴졌다.

그 밖에도 샌드위치나 그라탱, 햄버그스테이크 같은 로라가 좋아하는 음식들만 깔려 있었다.

그리고 물론 이 세상에서 가장 좋아하는 음식은 오믈렛이다.

오믈렛은 찾을 것까지도 없이 황금색으로 반짝반짝 빛나 보였다.

오믈렛만 놓여 있는 둥근 테이블이 세 개나 있다.

"츄릅……."

흐르는 군침을 멈출 수 없었다.

단상에서 뛰어 내려와 두근거리면서 오믈렛이 놓인 테이블을 노렸다.

그러자 샬롯과 안나, 그리고 브루노와 도라도 쫓아왔다.

"굉장해…… 이렇게 많은 오믈렛이…… 몇백 개인 거예요?! 마치 꿈을 꾸는 것 같아요! 게다가…… 표 같은 게 여러 개 있어요. 음, 이건 학교 식당 오믈렛. 이건 교회의 수녀님이 만든 오믈렛. 이건 엄마가 만든 오믈렛?! 비교해서 먹을 수 있는 거군요!"

"그래요. 로라가 가장 기뻐할 게 뭘까 하고 다 같이 생각한 끝에, 역시 오믈렛밖에 없다는 결론을 내렸어요."

"단순히 오믈렛만 준비하는 건 재미없으니까 종류를 늘렸어. 그것 말고도 다양해."

"아아……아아아아아! 고마워요!"

샬롯과 안나의 설명에 로라는 진한 감동을 느꼈다.

이렇게 깊이 자신의 취향을 알아주는 벗이 있는 행복을 음미했다.

"후후. 이렇게 오믈렛을 대량으로 만든 건 처음이야. 로라, 다 먹으면 안 돼. 다 같이 먹을 거니까."

도라가 미소 지으며 말했다.

“알아! 아무리 그래도 혼자서 전부는 못 먹어. 우선 하나씩 먹어나갈래!”

접시와 포크를 손에 든 로라는 모든 종류의 오믈렛을 먹기 위해 기합을 넣고 테이블과 마주했다.

우선은, 늘 먹는 학식 오믈렛이다.

오물오물…… 실패가 없는 맛이다.

다음은 수녀님이 만든 오믈렛이다.

오물오물…… 굉장해! 저번에 먹었을 때보다 솜씨가 늘었다. 나중에 감사 인사를 드려야지.

그리고 도라의 오믈렛이다.

오물오물…… 킹! 오믈렛의 왕이다! 폭신폭신함이 다른 오믈렛의 추종을 불허한다.

“엄마 승!”

“어머. 기뻐라. 그래도 다른 것도 더 있으니까 심사 결과는 나중에 다시 들을게.”

“로라. 저쪽 테이블에도 가요~~.”

“오믈렛 제2악장이에요!”

옆 테이블에는 왕도에서 오믈렛이 맛있기로 소문난 가게의 오믈렛이 깔려 있었다.

카페나 레스토랑.

가본 적 있는 가게와 앞으로 가려고 했던 가게.

케첩이 어울리는 오믈렛. 소스가 어울리는 오믈렛.

폭신한 오믈렛. 일부러 단단하게 만든 오믈렛.

“우와! 이거 전부 먹어도 되는 거죠?!”

“모든 종류라면 괜찮지만, 진짜로 다 먹는 건 안 돼요! 방금 도라 아주머니도 말씀하셨잖아요!”

“아, 그랬어요.”

“애초에 먹으려고 해도, 다는 못 먹어.”

안나가 냉정하게 지적했다.

과연. 잘 생각해보면, 아무리 그래도 로라의 몸에 다 들어가지는 않는다.

그러나—.

“지금이라면 가능할 것 같은 기분이에요!”

“……차원 창고를 이용해서 먹는다거나?”

“아뇨, 그냥요!”

“그래…… 내 이해력을 뛰어넘은 세계야.”

안나는 무표정으로 그렇게 중얼거렸다.

늘 표정이 없는 것처럼 보이지만, 자세히 들여다보면 안나의 얼굴에는 희로애락이 뚜렷이 드러났다. 로라는 이미 완전히 안나의 표정을 읽을 수 있다고 생각했지만, 지금 것은 진짜 무표정이었다.

분명 로라의 오믈렛관이 정말로 이해를 뛰어넘은 것이리라.

로라는 자신의 오믈렛관은 우주처럼 광활하구나 하고 희열에 잠겼다.

“오물오물…… 이 카페의 오믈렛은 건더기 없이 달걀 맛으로만 승부하고 있는 점이 굉장해요…… 오물오물…….”

“후후후. 그럼 로라야. 내 선물을 받아다오.”

어느새 근처에 여왕이 서 있었다.

작아서 눈치채지 못했다.

“폐하의 선물이요? 이 대강당을 내어주신 것만으로도 감사한데, 뭔가 죄송한 마음이에요.”

“애는 그런 걸 신경 쓰는 게 아니다. 이제 와서 필요 없다고 하면 곤란해. 내가 준비한 오믈렛을 먹어다오!”

“오믈렛! 오믈렛이라면 빼앗아서라도 먹어요!”

“……빼앗으면 안 되지.”

“에헤헤. 농담이에요.”

여왕이 준비한 오믈렛은 제3 테이블에 모여 있었다.

“와! 뭔가 색깔이 일반 오믈렛보다 진해요!”

“그렇지? 왕실 어용상인이 거래하는 양계장의 달걀이다. 그중에서도 특별히 엄선한 것만 써서 내 전속 주방장이 만든 오믈렛이니라. 먼저 건더기가 없는 오믈렛으로 달걀을 맛보거라!”

“잘 먹겠습니다아…… 오물오물. 이, 이건! 한 번 씹을 때마다 진한 맛이 입 안에 퍼져요…… 마치 수십 개의 오믈렛을 농축한 것 같은…… 이건 위험해요! 제 오믈렛관이…… 인생이 뒤집힐 것 같아요!”

“으후후. 그렇지? 자, 다음은 이걸 먹어 보거라. 최고급 치즈가 들어 있다.”

“흐아, 굉장해요! 너무 맛있어요…… 뺨까지 녹을 것 같아요! 누가 좀 눌러주세요!”

“삐—!”

로라가 외치자, 하쿠가 앞발로 뺨을 꾹 눌러주었다.

덕분에 안심하고 오믈렛 맛에 집중할 수 있다.

그러나 얼굴이 헤벌쭉해지는 것은 막을 수 없다.

“로라…… 굉장히 행복해 보이는 얼굴이에요.”

“그런 로라를 보고 폐하가 히죽거리고 있어.”

“여왕님과 저렇게 친해지다니 역시 내 딸이야.”

“언젠가 거물이 될 거라고 생각했지만, 벌써 거물이 돼 있었다니. 아이는 금방 성장해버려—.”

브루노와 도라가 열 살이 된 로라를 보고 절실히 감상을 중얼거렸다.

성장한 모습을 보여줄 수 있어, 로라도 자랑스럽다.

단지 오믈렛을 먹고 있는 것뿐이지만.

“하이라이트는 이 오믈렛이다! 원래는 스테이크에 쓰는 소고기를 사치스럽게 다져서 넣었다.”

“아! 앗! 육즙이 쫙 하고…… 죽겠어요! 오믈렛 맛에 죽겠어요!”

“아하하. 로라, 너는 반응이 훌륭한 아이구나. 어떠냐? 어떤 오믈렛이 가장 맛있었느냐?”

그것은 어려운 질문이다.

먼저 후보에 오를 것은 모두 여왕이 준비한 오믈렛이다.

재료의 맛이 월등히 뛰어나서, 평범하게 생각하면 다른 오믈렛은 선택지가 될 수 없다.

그러나 로라의 입에서 나온 대답은—

“엄마가 만든 오믈렛!”

깊이 생각하지 않아도 저절로 그런 대답이 튀어나왔다.

말한 다음 로라는 스스로도 놀랐다.

그럴 리는 없다.

수준이 지나치게 다르다.

여왕의 오믈렛은 전문 요리사가 최고의 재료로 만든 것이다.

그러나, 그럼에도 불구하고.

어째선지 엄마가 만든 오믈렛이 최고라고 생각하고 만다.

“……흠. 그러냐. 뭐, 그렇지. 엄마의 손맛은 그런 것이지.”

여왕은 옛날을 그리워하듯이 중얼거렸다.

그녀도 옛날에 엄마가 요리를 만들어준 적이 있는 걸까.

왕족이 직접 요리할 기회는 그리 흔하지 않다.

그렇다면 여왕이 떠올리고 있는 엄마의 맛은 무척 귀하고 소중한 추억이다.

"로라. 엄마의 오믈렛을 1등으로 골라줘서 기뻐—."

"왜냐면 정말 그렇게 생각했으니까. 폐하의 오믈렛도 너무너무 맛있었지만…… 딱 하나만 고른다면, 만약 평생 그 오믈렛밖에 못 먹는다고 한다면…… 그건 역시 엄마가 만든 오믈렛이라고 생각했어."

"후후. 고마워, 로라. 그래도 평생은 곤란해. 그건 로라보다 엄마가 오래 산다는 거잖아. 그런 불효는 용서 못 해—."

"아, 그런가…… 음…… 그럼, 다 같이 쭉 오래 살아! 학장님처럼!"

"학장님처럼…… 상당히 어려운 걸 요구하는 딸이야—."

"괜찮잖아! 오늘은 내 생일이니까!"

가끔씩밖에 못 보는 부모님인 데다 생일이라는 이유로 로라는 떼를 써봤다.

그러자 도라가 아닌 브루노가 엄지를 세우며 「알았다!」 하고 약속했다.

"마법사인 대현자가 하는 걸 아빠랑 엄마가 못 할 리 없지. 아빠랑 엄마가 할 수 있으면, 로라도 할 수 있을 거다. 그러니 우리

세 가족은 몇백 년도 살 수 있어!"

"와— 좋아라—."

정말로 그런 일이 실현되리라고는 로라도 생각하지 않았다.

그러나 말만이라도 기뻤다.

"우후후. 그럼 저도 오래오래 살아서 여러분과 함께할게요~."

"나도. 로라랑 샬롯이랑 계속 놀래. 도라 아줌마 요리도 맛있고. 스승님보다 검으로 강해져야 해."

"뭐라고?! 안나, 나보다 강해지다니. 천 년은 빠르다."

"그럼, 천 일 년 살래."

"천 이 년 빨라!"

"……이렇게 싸우는 사이에 천 년이 지나겠어."

"하하하. 뭐냐, 안나. 벌써 항복하는 거냐."

브루노는 어째선지 이겼다고 우쭐댔다.

그런 아빠의 모습을 본 로라는 어쩌면 안나가 정신적으로는 더 어른이 아닐까 하는 지독한 의혹에 휩싸였다.

※

세계 제일 오믈렛 결승전은 이로써 끝이지만, 생일 파티 자체는 막 시작됐다.

상어 모습을 한 대현자가 『나는 파자마레인저의 샤크 4호야』라며 귀족들에게 잘못 알려주거나.

와인을 너무 마셔서 만취한 에밀리아가 도라에게 「왜 저는 결혼을 못 하는 거예요오?」라며 엉기거나.

조금 전에 수인의 꼬리에 관심을 보였던 여성 귀족이 미사키에게 간곡히 부탁해서 만지거나.

그것을 계기로 귀족과 수인의 교류가 시작되고, 와인을 벌컥벌컥 나눠 마시면서 술의 맛있는 것에 대한 이야기로 고조되어 있었다.

가장 인기였던 것은 란정의 라멘이다.

일찍이 란정이 왕도에 갓 왔을 무렵, 홍보를 위해 포장마차를 만들어 모험가 길드 앞에서 라멘을 팔았던 적이 있다.

그때 그 포장마차를 대강당에 갖고 들어와, 란와 니나가 라멘을 대접하고 있었다.

로라 무리는 포장마차를 만드는 것부터 라멘을 대히트시키는 것까지 도왔기에 감개무량함을 느꼈다.

마법학과 1학년이 연기하는 『파자마레인저 대 드래곤 킹』이라는 연극도 있었다.

갑자기 나타난 드래곤 변이종과 파자마레인저의 장대한 전투를 그린 야심작이었다.

파자마레인저의 동물 의상을 같은 잡화점에서 사 왔는지 재현도가 높다.

종이를 붙여 만든 드래곤 소품은 미묘했지만…… 어쨌든 열의가 있다.

귀족들도 즐거워했다.

"거기다! 파자마레인저!"

여왕도 손에 땀을 쥐고 응원했다.

진짜 파자마레인저인 로라 일행 세 명도 같이 응원하기로 했다.

"거기서 차원 창고를 이용한 순간 이동을 하는 거예요!"

"공간을 비틀어서 드래곤의 숨결을 피해요!"

"거대한 몬스터는 품으로 파고드는 게 기본이야. 바람의(아네모이) 마법검으로 속도를 올려 단숨에 접근해, 벼락의(케라우노스) 마법검으로 불태워……!"

"삐—!"

아쉽게도 반 아이들이 연기하는 파자마레인저는 진짜가 지시하는 대로는 움직여주지 않았지만, 마지막에는 우정의 힘으로 승리했다.

경사로세, 경사로다.

"휴—. 좀 피곤해졌어요."

연극을 다 본 후, 로라는 대강당 구석에 있는 의자에 걸터앉아 쉬었다.

드래곤 소품과 싸운 것은 로라가 아니라 동물 의상을 입은 가짜다. 아니, 파자마레인저는 동물 의상 부대이므로 원래 동물 의상이지만, 안에 든 사람이 다르다.

그러나 응원하는 것만으로도 상당히 체력을 썼고, 무엇보다, 모두 앞에서 인사하거나 모르는 사람과 대화하면서 오늘은 정신력을 썼다.

"후후. 로라, 수고했어요. 다시 열 살 생일을 축하해요."

"생일 축하해. 오늘 로라는 평소보다 야무졌어."

종이봉투를 든 샬롯과 안나가 다가와 로라의 양옆에 앉았다.

무엇이 든 봉투일까.

남은 요리를 갖고 가는 걸지도 모른다.

"고마워요! 열 살이니까 야무진 게 당연해요."

"열 살에 대한 로라의 믿음도 대단해요. 그건 그렇고…… 여기요. 생일 선물 목도리예요."

"나는 장갑이야."

두 사람은 종이봉투에서 부스럭거리면서 그것들을 꺼내 로라에게 건넸다.

"세상에! 파티만으로도 기쁜 선물인데…… 제 머리카락 색에 맞춘 분홍색이네요! 고마워요. 어울려요?"

로라는 바로 털실로 뜬 목도리와 장갑을 착용해봤다.

무척 따뜻했다.

"네. 그야 저랑 안나가 로라를 위해서 만든 이 세상에 하나뿐인 목도리와 장갑인걸요. 어울리는 게 당연해요!"

"처음 만든 거라서 이상한 데가 있을지도 몰라. 미안해."

"네?! 이걸 샬롯과 안나가 직접 만든 거예요?! 두 사람한테 그런 재주가 있는 줄은 몰랐어요……."

"이 샬롯 가자드에게 불가능이란 없어요."

"뭐, 학장님한테 배워서 만든 거지만."

"안나, 내막은 비밀이에요!"

샬롯은 황급히 안나의 입을 막았다.

그러나 너무 늦었다.

주요 기밀은 이미 로라의 귀에 들어갔다.

"설사 배운 거라고 해도 굉장해요. 평생 소중히 간직할게요!"

"평생…… 다시 말해 로라는, 그 장갑을 쓸 수 있는 크기로 계속 있는다는 거야?"

"아아, 로라…… 마침내 그 키 그대로 평생을 보낼 결심을 했군요…… 기뻐요오."

"아, 아니에요. 그런 게 아니에요. 꼭 클 거예요! 하지만…… 목도리도 장갑도 소중히 할게요."

"뭐, 작아지면 또 만들어줄게."

“그래요. 로라가 커버리는 건 아쉽지만…… 로라가 어떤 모습으로 변해도 저는 로라의 친구예요. 그리고 백 년이 지나도 로라에게 딱 맞는 목도리를 계속 만들어줄게요.”

“나도. 어른이 돼도 로라한테 장갑을 만들어줄게.”

로라는 이미 목도리와 장갑 덕분에 따뜻했지만, 두 사람의 말에 마음까지 따뜻해졌다.

“에헤헤. 이 목도리랑 장갑을 선물 받은 게 오늘 가장 기뻐요. 그럼 저는 이어서, 두 사람의 생일에 스웨터…… 는 어려울 것 같으니, 모자를 만드는 거로 할게요.”

“그러고 보니 2월에 샬롯 생일이 있어. 샬롯한테도 장갑을 만들어줄게.”

“저한테도……! 기뻐요. 올해 안나 생일은 놓쳐버렸지만, 내년부터는 안나한테도 목도리를 선물할게요.”

“벌써 기대돼요!”

“그래도, 매년 똑같은 거면 할머니가 됐을 때는 양이 엄청나게 쌓일 텐데?”

안나는 지당한 의문을 제기했다.

그러나―.

“그건 그것대로 좋잖아요. 우리의 우정이 오래 이어졌다는 증거예요.”

"뭣하면 로라의 모자랑 안나의 장갑을 9999개씩 모을게요~."

"역시 샬롯! 엄청 오래 살 작정이네요!"

"목표는 크게 잡는 거예요!"

"흠. 9999개는 몰라도, 목도리랑 모자가 하나씩 늘어날 때마다 우리의 우정이 일 년 더 길게 이어졌다는 거네. 그건 기대돼."

안나는 취지를 이해하고 깊이 끄덕였다.

모르는 사람의 눈에는 무표정으로 보이겠지만, 희미하게 웃고 있는 것을 로라는 알았다.

이 세 사람의 우정은 정말로 불멸 같은 기분이 들기 시작했다.

그야말로 9999개가 쌓여버릴지도 모른다.

—그렇게 샬롯을 따라 큰 목표를 갖는 것은 좋지만, 일단은 최초의 한 개다.

"2월까지 모자 뜨는 법을 배워야 해요……!"

"로라도 학장님한테 배우면 어때?"

"그럴게요. 그나저나 학장님은 정말 재주가 많으세요. 삼백 년이나 살아 있는 사람은 달라요."

"제가 삼백 살이 될 즈음에는 수예로 먹고살 수 있게 돼 보이겠어요."

"아아? 샬롯은 모험가가 아니라 수예 전문가가 되는 거예요?"

"어디까지나 프로급 실력을 갖췄을 뿐, 수예는 취미예요. 실력

자는 함부로 능력을 드러내지 않는 법이에요."

"네에…… 그래도 그때쯤에는 학장님은 육백 살이니 더 솜씨가 좋아지시지 않았을까요?"

"아, 앞질러 보이겠어요!"

샬롯이 지기 싫어하는 성격인 것은 알았지만, 설마 수예 실력으로도 대현자와 경쟁하려 할 줄이야.

그렇다고 해도, 대현자는 수예를 진지하게 하는 게 아닐 테니 노력하면 이길 수 있으리라.

"삐—. 삐—."

로라의 머리 위에서 신수의 울음소리가 났다.

"이 목소리는, 하쿠도 뭔가 만들어달라고 하는 거예요. 하쿠 사이즈라면 스웨터를 만들 수 있을지도 몰라요……! 좋았어. 샬롯의 모자를 만들 수 있게 되면, 다음은 하쿠의 스웨터에 도전할게요!"

"삐이!"

"그 대신, 살찌지 않도록 열심히 운동해야 해요. 제 머리 위에 앉아 있기만 하는 건 안 돼요."

"삐!"

들은 대로 하쿠는 날갯짓해 주변을 빙글빙글 돌기 시작했다.

"문득 생각한 건데, 우리 중에서 최종적으로 가장 커지는 건 하쿠야. 지금은 괜찮지만, 하쿠가 커져도 스웨터를 만들 거야?"

"아."

안나의 말에 로라는 입을 딱 벌렸다.

확실히 지금의 하쿠는 머리에 태워도 괜찮을 만큼 작다. 그러나 오이세 마을의 동굴에서 만난 어른 하쿠는 집보다 훨씬 거대했다. 그 정도 크기의 스웨터를 만드는 것은 재료비만 해도 엄청나질 것 같다.

"……하쿠가 어른이 되는 건 언제쯤일까요."

"글쎄. 그래도 신수는 몇백 년이나 사는 모양이니까 천천히 크지 않을까?"

"그럼, 그사이에 수예 실력을 닦고, 털실을 잔뜩 살 수 있을 정도로 벌어야 해요……!"

"백 년 정도 지나서 하쿠가 어른이 되면, 우리끼리 도와서 스웨터를 만드는 것도 좋을지 몰라요."

"그것도 재밌을 것 같아요! 아아, 오래 산다는 건 좋은 거네요~."

"로라. 이제 막 열 살이 됐으면서 할머니 같은 말을 하고 있어."

"음. 인생을 논하는 건 너무 빨랐나 봐요…… 아무리 열 살이 됐어도 젊음을 잊어서는 안 되는 거니까요. 청춘은 지금부터예요!"

로라는 청춘이 무엇인지 잘 모르는 채로, 야무진 얼굴로 말해봤다.

그러자 샬롯과 안나가 양옆에서 뺨을 손끝으로 꾹꾹 눌렀다.

“야무진 얼굴로 잘 모르는 걸 말하는 로라가 귀여워요오.”

“열 살이 돼도 로라는 로라야. 귀여워. 에잇, 꾹꾹.”

“정말, 그만 누르세요. 제가 나이를 먹은 것처럼, 두 사람도 조금씩 어른이 되는 거예요! 언제까지 이런 어린애 같은 장난을 하고 있을 거예요!”

“물론 평생.”

“이에요~~.”

제 4 장 겨울 방학이에요

12월 26일.

로라의 생일 다음 날이자, 겨울 방학 첫날이다.

여름 방학은 꽉 채워 한 달이었지만, 겨울 방학은 짧은 듯한 3주 동안이다.

그래도 장기 휴가는 두근거린다.

멀리까지 놀러 갈 수 있고, 아침마다 일어나지 않아도 된다.

그러나 로라는 지금 조금도 즐겁지 않았다.

겨울 방학 숙제로 받은 문제집을 풀고 있어서다.

"음…… 어째서 즐거운 겨울 방학 첫날에 이런 걸……."

숙제에 질리기 시작한 로라는 학교 식당 테이블 위에 턱을 얹었다.

아침 아홉 시 무렵부터 시작해서, 아직 열두 시도 되지 않았다.

스스로도 질리는 게 빠르다고 생각하지만, 질려버린 건 어쩔 수 없다.

"무슨 소리예요, 로라. 어제 생일 파티 때 로라가 먼저 꺼낸 말이에요. 여름 방학 때처럼 되지 않도록, 먼저 숙제를 끝낸 다음에 집으로 돌아간다고 했잖아요. 열심히 하면 일주일도 안 돼서 끝날 거예요. 그러면 남은 2주 동안은 실컷 놀 수 있어요.”

로라의 정면에 앉은 샬롯은 문제집 진도를 빼면서 설교해왔다.

평소에는 엉터리 샬롯이지만, 공부는 잘했다.

술술 문제를 풀어가는 샬롯을 보고, 로라는 진심으로 부럽게 생각했다.

“확실히 어제 그런 말을 했지만…… 열 살이 됐으니 야무진 구석을 어필하고 싶어서, 기세로 그만…….”

“한번 말한 건 반드시 실행해야 해요. 열 살의 관록을 보여주세요!”

“……알겠어요. 성장한 저의 힘을 보세요!”

샬롯의 설득에 로라는 다시 문제집에 매달렸다.

어제, 왕궁의 대강당에서 「숙제를 먼저 한다」라고 선언해버렸기 때문이다.

그래놓고 하지 않으면 평생의 수치다.

열 살에 평생의 수치를 짊어지는 건 싫으므로 열심히 하는 수밖에 없다.

“로라, 대견해. 나도 열심히 해야지.”

로라의 옆에 앉아 있던 안나도 새로 기합을 넣은 모양이다.

평소에는 야무진 안나지만, 샬롯과 반대로 공부 실력은 별로인 모양이다.

로라만큼은 아니지만, 가끔 손을 멈추었다.

그러나 공부를 잘 못해도, 이렇게 친구끼리 서로 격려하면 앞으로 나아갈 수 있다!

"샬롯은 혼자서도 괜찮은 것 같지만…… 그런 배신자는 내버려두고, 저랑 안나끼리 서로 격려해요."

"그래."

"어, 어째서 제가 배신자예요?!"

그렇게 샬롯이 외치자, 마찬가지로 학교 식당에서 숙제를 하고 있던 학생들이 희번득 노려봐왔다.

"오호호……."

샬롯은 웃음으로 얼버무리고, 꾸벅 머리를 숙였다.

그런 샬롯을 본 로라는 킥 웃었지만, 그러나 남의 일이 아니다.

떠들어대는 성격은 로라도 마찬가지다.

이 중에서 조용한 사람은 안나 정도다.

테이블 위에서 공중제비를 하며 놀고 있는 하쿠도 기본적으로는 얌전하다.

—그렇게 생각하면, 나랑 샬롯만 특별히 침착성이 없나?

무서운 사실을 깨닫고 만 로라는 이제 열 살이니 숙녀가 되자고 결심했다.

물론 숙녀보다 급한 건 숙제다.

겨울 방학 숙제는 2학기 때 배운 것의 복습이었다.

먹을 수 있는 풀의 종류나 독이 있는 몬스터 같은 모험에 도움이 될 법한 것을 배웠다.

간단한 수학이나 이과, 역사 수업도 했다.

이 별이 구체라는 것이나 태양 주위를 돌고 있다는 것을 로라는 배웠다.

식물은 엽록체가 있어서 광합성을 할 수 있는 거고, 로라 일행이 햇볕을 쬐도 밥을 대신할 수 없다는 것도 확실히 배웠다.

"음…… 식염수의 농도…… 프로…… 왜 이런 고도의 계산이 필요해요? 물에 소금을 넣으면 짜진다. 그걸로 충분해요. 염분은 살아가는 데 필수 불가결하고, 더운 날에 땀을 흘리면 염분을 섭취해야 열사병에 걸리지 않아요. 저는 이렇게 염분에 대해 잘 아는데, 프로 같은 영문 모를 개념까지 알려고 할 필요는 없어요."

"그런 말하면 안 돼요. 수업 때 배운 걸 떠올려서 열심히 해요."

"뒷장에 풀이법이 나와 있어. 거의 답에 가까워. 문제의 숫자를 적용해나가기만 하면 돼. 힘내, 로라."

"삐—."

하쿠도 응원해주었다.

그 응원에 보답하고 싶지만, 머리가 잘 돌아가지 않는다.

무엇이 잘못일까.

오믈렛이 부족해서? 아니다. 아침 식사로 먹었으니 괜찮을 거다.

그렇다면—.

"장소를 바꿔서 기분 전환해요. 바뀐 보람이 없는 학교 식당은 의욕이 안 생겨요."

로라가 그렇게 말하자, 근처에서 테이블을 닦고 있던 미사키가

"학교 식당은 죄가 없어요오."

하고, 슬프게 말했다.

"학교 식당에 죄는 없지만…… 모처럼 맞은 겨울 방학인데 익숙한 풍경인 것도 확실히 따분해요."

"그렇죠?! 미사키한테는 미안하지만, 학교 식당을 벗어날래요!"

"슬픕니다…… 3학기 때는 꼭 돌아와야 합니다……."

미사키는 그렇게 중얼거리면서 다른 테이블을 닦기 시작했다.

"그래도 학교 식당이 아니면 어디서 하지? 여름 방학 때처럼 기숙사 방에서?"

안나가 지적해왔다.

"음…… 그건 더 익숙한 풍경이에요. 좀 더 이렇게, 공부하기에 알맞은 환경이면서도 드문 장소 없을까요?"

"역시 공부는 조용한 곳이 좋아요. 그러면서 드문 장소라…… 왕궁의 정원은 어때요? 조용하고 드문 곳이에요."

"왕궁은 어제 갔다 온 직후에요…… 폐하께 그만큼이나 신세를

져놓고 이번에는 『숙제하게 정원을 빌려주세요』라니, 뻔뻔함을 넘어섰어요. 대현자 수준의 뻔뻔함이에요!"

"확실히 학장님이라면 그 정도는 말할 것 같아. 아예 허락도 없이 정원에서 낮잠을 잘 것 같아."

"학장님은 존경할 만한 사람이지만, 그런 점은 존경해선 안 돼요."

"알아요. 저도 진짜 왕궁이 좋다고는 생각하지 않아요. 그래도 그렇게 녹음이 있고 넓고 조용한 곳에서 숙제를 하면 잘될 건 확실해요."

샬롯의 의견은 지당했다.

그렇다고 왕도 밖까지 나가서 대자연 속에서 숙제를 하면 되는 것도 아니다. 몬스터의 습격을 받아, 싸우는 데 몰두하고 만다.

무엇보다 지금은 겨울이다. 추운 건 싫다.

"넓고 조용한 장소…… 아! 샬롯의 집은 넓죠?"

"뭐, 일반적인 집보다는요. 학장님 집 정도는 돼요."

"그럼, 샬롯 집에 가요. 전부터 한 번은 가보고 싶었어요."

"나도. 나랑 로라 집에는 다 같이 갔었는데, 샬롯 집만 아직 안 간 건 이상해."

안나도 동의했다.

이건 샬롯의 집에 가는 수밖에 없다.

"우리 집에 두 사람이……."

그러나 샬롯의 목소리가 신통치 않다.

무슨 곤란한 점이라도 있는 걸까.

그러고 보니, 샬롯의 집은 부잣집일 뿐만 아니라 훌륭한 마법사 집안이다.

대현자가 나타나기 전에는 팔레온 왕국에서 최강의 일족이었던 모양이다.

그런 집안이라면 부모님이 무척 엄할지도 모른다.

"……무리해서 가겠다는 건 아니에요. 샬롯의 집은 다음에 가도 괜찮아요."

"아니에요. 지금 가도 딱히 상관없지만…… 집에 두 사람을 초대하다니, 부끄러워요오."

샬롯은 뺨에 손을 대고 수줍게 말했다.

"뭐예요. 그런 이유로 망설인 거예요? 그럼 지금 가요!"

"그래, 그래. 부끄러운 건 모두 같아. 지금은 샬롯이 부끄러워할 차례야."

그렇게 해서, 로라 일행은 필기구와 문제집을 갖고 샬롯의 집에 가기로 했다.

※

왕도 레디온의 중심에는 왕궁이 있다.

그리고 왕궁을 에워싸듯이 부유층의 주거가 들어서 있고, 샬롯의 집도 그 구역에 있었다.

“여기가 우리 집이에요~~.”

“와. 확실히 크네요!”

“그래도 학장님 집보다는 살짝 작나?”

“삐—.”

“그렇지 않아요. 비슷해요!”

샬롯은 문 앞에서 강하게 주장했다.

지기 싫어하는 샬롯으로서는 집의 크기도 경쟁을 해야 직성이 풀리는 것이리라.

실제로 샬롯의 집과 대현자의 집 중 어느 것이 큰지는 재보지 않고는 모른다.

부지를 에워싼 번듯한 철책과 문이 있다.

마당의 넓이는 교실의 네 배 정도일까.

깔끔하게 손질된 잔디밭 안에 벽돌을 깐 통로가 문부터 현관까지 이어져 있다.

정원수 옆에는 테이블과 벤치가 놓여 있어, 밖에서 쉴 수 있게 되어 있었다.

그리고 마당 안쪽에는 벽돌로 된 이 층 저택이 있다.

창문이 스테인드글라스로 되어 있어 화려한 인상이다.

자못 샬롯이 살고 있을 것 같은 분위기다.

"다녀왔어요~~."

그렇게 말하며 샬롯은 현관 옆에 있는 끈을 잡아당겨 초인종을 울렸다.

그러자 문이 열리고, 안에서 안경을 낀 샬롯이 나타났다.

"어머나, 샬로! 돌아왔군요!"

"다녀왔어요, 어머니. 오늘은 친구들을 데리고 왔어요~~."

세상에.

이 안경을 낀 샬롯 판박이는 샬롯의 어머니인 모양이다.

언니인가 싶을 정도로 외모가 동안이었다.

그나저나 화려한 복장이다.

지금 무도회장에 가는 건가 싶을 정도의 드레스다.

그러나 분명 평상복이리라.

어쨌든 샬롯의 어머니이므로!

"어머나~~ 귀여운 친구들입니다! 이야기로 듣던 로라, 안나, 그리고 하쿠입니까?"

"아아, 네. 그 로라예요. 처음 뵙겠습니다."

로라는 기세에 눌려 그만 말투를 따라 할 뻔했지만, 간신히 멈췄다. 반사 신경이 이뤄낸 결과다.

"안나 아네트예요. 샬롯한테는 늘 신세 지고 있어요."

"삐—."

"어머나~~ 인사도 똑부러지게 하고 대견합니다. 귀여워서 깨물어주고 싶습니다! 저는 샬롯의 엄마 크리스티나입니다."

"어머니. 제 친구들을 깨무는 건 안 돼요."

"농담입니다. 자, 안으로 들어오세요."

샬롯의 어머니 크리스티나는 로라 일행을 반갑게 집 안으로 맞이했다.

유명한 마법사 집안치고는 딱딱한 인상은 없었다.

기묘한 말투에 당황했지만, 그 부분은 샬롯의 어머니라는 것으로 납득했다.

"어머니. 아버지는 안 계세요?"

"아버지는 광산에 시찰을 갔습니다."

"그렇군요…… 아버지께도 로라와 안나와 하쿠를 소개해주고 싶었어요."

"없는 사람은 어쩔 수가 없습니다. 그것보다, 오랜만에 놀러 왔으니 같이 차를 마셔요."

"어머니. 저희는 겨울 방학 숙제에 집중하기 위해 온 거예요. 그러니 방해하지 말아주세요."

"세상에, 샬롯. 엄마한테 그런 매정한 소리 하는 거 아닙니다. 가끔씩밖에 돌아오지 않으니 같이 놀아주세요!"

"비교적 자주 오고 있어요. 어쨌든 조용히 해주세요."

"세상에…… 분명 샬롯은 가끔 오고 있습니다. 하지만 친구들이 온 건 처음입니다. 저도 같이 놀고 싶습니다!"

"노는 게 아니라 공부하는 거예요!"

샬롯이 냉정한 말투로 말하자 크리스티나는 흑흑 하고 울기 시작했다.

그러나 샬롯은 아랑곳하지 않고 성큼성큼 계단을 올라갔다.

"저기…… 샬롯. 어머니가 우시던데 괜찮은 거예요?"

"괜찮아요. 어차피 3분이면 원래대로 돌아오세요."

"그렇군요…… 그야말로 샬롯의 어머니라는 느낌이에요."

"뭔지 알아. 『예요』랑 『입니다』의 차이밖에 없었어."

"그렇지 않아요. 제가 어머니보다 침착해요!"

그런가, 하고 로라와 안나는 동시에 고개를 갸웃했다.

항상 로라나 안나를 「귀여워요오」 라면서 쫓아다니는 사람이 그런 말을 하다니.

"제 방은 여기예요."

"와~~ 생각보다 평범해요~."

넓은 침대가 있고, 장롱과 화장대가 있고, 책상과 책장, 탁상시계, 촛대가 있다.

모두 비싸 보이는 물건이지만 특별한 느낌은 없었다.

“로라…… 어떤 방을 상상했었어요?”

“음…… 전체가 금박으로 덮여 있거나 천장에서 광선이 훨훨 내려앉은 방이요.”

“로라가 갖고 있는 제 이미지는 지나치게 왜곡됐어요!”

“그래요? 자기를 고저스라고 하는 사람이라면 금박 정도는…….”

“제가 고저스한 건 내면이에요. 그런 보여주기식 고저스를 연출할 필요는 없어요!”

“와. 뭔가 멋져요!”

“그런 건 됐으니까 숙제하자.”

“앗! 그러려고 온 거였어요!”

안나가 원래의 목적을 떠올리게 해주었다.

듬직한 사람이다.

“어디 앉아서 할까요. 셋이서 침대에 엎드려서 할까요?”

그렇게 말한 로라는 샬롯의 침대에 앉아봤다.

그러자 이불 밑에 뭔가가 묻혀 있는 느낌이 있었다.

그것을 끄집어내보니, 큼직한 개 인형이었다.

“뭔가 로라랑 크기가 비슷한 인형이네.”

"그건 제 포옹 베개예요. 마가렛이라는 아이예요."

"흠. 그러고 보니 샬롯은 처음에 포옹 베개가 없어서 잠들지 못하고 저를 포옹 베개로 삼았었던가요."

"그래요~. 로라랑 마가렛은 안는 느낌이 똑같아요~."

샬롯은 황홀한 얼굴로 중얼거렸다.

"그럼 저는 마가렛 대신이에요? 이 마가렛이 있으면 저는 필요 없는 거예요?"

로라는 조금 복잡한 심경이 되어, 날카로운 투로 따져 물었다.

"그, 그건 아니에요! 분명 처음엔 마가렛 대신이었지만…… 한 번 안은 것만으로 로라의 포로가 됐어요! 로라의 포옹 베개 적성은 마가렛보다 높아요!"

샬롯이 당황하며 해명했다.

그 모습이 귀여워서 로라는 기분이 풀려버렸다.

"농담이에요, 샬롯. 저는 인형하고 포옹 베개 적성을 경쟁하지 않아요. 그래도…… 이 마가렛은 제 전임자가 되는 거네요. 인사해둘게요. 음, 로라 에드몬즈예요. 지금까지 수고하셨어요. 앞으로는 샬롯의 메인 포옹 베개는 제가 맡을게요. 마가렛은 이 방에서 쉬어주세요."

로라는 침대 위에서 무릎을 꿇고 인형을 향해 머리를 숙였다.

마가렛은 반응해주지 않았지만 분명 영혼에는 전해졌을 거다.

인형에게 영혼이 있다면의 이야기지만.

“포옹 베개 인수인계가 끝났으면 진짜 숙제하자.”

“앗!”

로라는 다시 안나의 말에 정신을 차렸다.

유혹이 많아서 큰일이다.

이건 숙제 따위 하고 있을 때가 아니라는 하늘의 뜻일지도 모른다.

그러나 하늘의 뜻이라고 해도, 숙제를 하지 않으면 에밀리아에게 혼이 난다.

사람은 하늘의 뜻을 거슬러서라도 싸워야 할 때가 있는 거다.

“베란다는 어때요? 마침 세 명이 앉을 수 있는 원탁이 있어요.”

“나쁘지 않아. 이 집 정원을 보면서 숙제하는 건 기분 좋을 것 같아.”

“숙제가 없다면 더 좋았겠지만요~.”

베란다에 나가보니, 상상했던 것보다 넓었다.

그런 것도 이 층에 있는 다른 방과도 연결되어 있어서다.

아무래도 가자드가의 이 층은 베란다로 방을 오갈 수 있는 구조로 만들어진 모양이다. 그렇다고는 해도 창문이 잠겨 있으면 방에는 들어올 수 없지만.

“삐—.”

파닥거리며 날아온 하쿠가 원탁의 한가운데를 차지했다.

로라 일행은 그런 하쿠를 에워싸듯이 문제집을 펼쳤다.

"조용한 고급 주택가에 전망도 좋아요. 공부하기에는 최적의 환경이라고 할 수 있어요."

"삐!"

"그런데 왜일까요. 치명적인 문제가 있는 것 같은 기분이에요."

"삐이?"

테이블 위에서 하쿠가 의아한 반응을 보였다.

그러나 그 문제는 뚜렷했다.

"12월의 추운 날씨 아래…… 이런 곳에서 공부가 잘될 리 없어요!"

"곰곰이 생각하면 당연한 거였어요……."

"아직 눈이 안 왔으니 괜찮을 줄 알았어. 내 어리석음이 부끄러워."

세 명과 한 마리는 서둘러 방으로 돌아왔다.

그리고 로라와 안나는 침대에 누워서, 샬롯은 책상에 앉아서 숙제를 하기로 했다.

"삐—."

참고로 하쿠는 마가렛이 마음에 들었는지 그 머리 위에 타거나 배에 매달리면서 놀았다.

"음. 하쿠는 제 머리보다 마가렛의 머리가 더 좋은 거예요?"

"인형을 상대로 질투하는 로라, 귀여워."

"아아~~ 깨물어버리고 싶어요~~."

※

이래저래 방황했지만, 로라 일행은 마침내 진지하게 숙제에 임하기 시작했다.

아무리 숙제가 힘들다고는 해도 로라 일행이 다니는 곳은 모험가 학교다.

딱히 학자를 노리고 있는 것이 아니다. 따라서 숙제의 수준은 별로 높지 않다.

꾸준히 노력하면 여유롭게 끝날 정도의 양이다. 그것을 죽자고 노력하면 여름 방학 초반에 끝난다.

이론상으로는 그랬다.

다만, 그 죽자고 노력할 집중력을 어디서 끌어오느냐 하는 것은 이론에 포함돼 있지 않았다.

"음…… 몸이 달콤한 걸 원하고 있어요……."

"머리를 쓰면 당분이 필요해진다고 하잖아요."

"그래도 숙제를 시작한 지 30분 정도밖에 안 지났어."

"30분이든 3분이든 달콤한 게 필요해요!"

로라가 그렇게 외친 순간.

“그럴 줄 알고 따뜻한 카페오레를 만들어왔습니다.”

샬롯의 어머니 크리스티나가 쟁반을 들고 방으로 들어왔다.

“어머, 어머니. 고마워요. 어머니치고는 평범하게 센스 있는 대접이에요.”

“샬로. 마치 평소의 제가 평범함과는 거리가 멀다는 식으로 말하지 마세요.”

크리스티나는 망연한 얼굴로 말했다.

“하지만 어머니. 옛날에 제가 동네 아이들을 데리고 왔더니, 어머니가 환영의 춤인가를 추는 바람에 다들 겁을 먹고 돌아갔었잖아요.”

“그, 그건 샬로가 처음으로 친구를 데리고 와서 살짝 흥분했던 것뿐입니다.”

아무래도 정말 닮은 모녀 같군, 하고 로라는 더욱 확신했다.

“자자. 저희는 환영의 춤 정도로는 놀라지 않아요. 어쨌든 샬롯한테 익숙해져 있으니까요.”

“로라…… 그건 좀 실례야…….”

안나의 지적에 로라는 입을 틀어막았다.

듣고 보니, 어머니 앞에서 딸을 웃음거리로 만든 꼴이었다.

친구들끼리만 있다면 몰라도, 가족 앞이라면 이야기가 다르다.

“괜찮습니다. 샬로가 엉뚱한 짓을 하는 건 옛날부터입니다.”

"어머니! 친구들 앞에서 거짓말하지 마세요!"

샬롯은 팔을 휘저으며 허둥지둥 어머니의 말을 막으려 했다.

그러나 옛날의 샬롯이 제대로였을 거라고는 상상조차 할 수 없기에, 로라는 크리스티나의 말을 전적으로 믿어버렸다.

"크리스티나 아주머니가 일부러 카페오레를 갖고 와주셨어요. 휴식 겸 샬롯의 어릴 적 이야기를 들어요."

"휴식이라니…… 아직 30분밖에 안 했는데?"

"30분 숙제했으면 30분 쉬는 건 자연스러운 거예요. 자명한 이치예요."

"전혀 자명한 이치가 아니지만, 뭐 됐어. 카페오레, 잘 먹겠습니다."

"잘 먹겠습니다!"

숙제를 멈추고 커피 타임에 들어갔다.

세심하게도 하쿠의 컵에는 빨대가 있었다.

덕분에 하쿠는 누구의 도움도 빌리지 않고, 쪽 하고 마실 수 있었다.

"샬로는 돌아오면 늘 신이 나서 학교생활을 들려줍니다. 하쿠에 대해서도 들어서 이렇게 하면 마시기 쉬울 거라고 생각했습니다."

"정확히 맞히셨어요! 아주머니는 정말 세심하시네요."

"호호호. 이걸로 제가 제대로 된 사람인 게 증명됐습니다."

로라는 그건 글쎄라고 생각해버렸지만, 물론 입 밖으로는 내지 않았다.

우선, 달콤한 것을 섭취한다는 원래의 목적을 위해 카페오레에 설탕을 듬뿍 넣었다.

"그래서, 샬롯은 옛날에 어떤 일을 저질렀는데요?"

"안나! 그런 걸 흥미진진해하지 마세요!"

샬롯이 아무리 말려도 이미 이 자리는 샬롯의 어릴 적 이야기를 하는 분위기로 변했다.

이렇게 된 이상, 이미 사람의 힘으로는 돌이킬 수 없다.

"샬로의 어릴 적이라. 역시 샬로의 노력파다움을 이야기하는 게 제일입니다."

"어머니…… 이러니저러니 말씀하셔도 저를 칭찬해주시는군요……!"

샬롯은 감동했는지 눈시울을 붉혔다.

"로라도 안나도, 가자드 가문이 유명한 마법사 집안인 건 아시겠죠?"

"네. 그건 샬롯한테 자주 들었어요!"

"이 나라에서 모험가를 꿈꾸는 사람이라면 대부분 알아."

참고로 로라는 모험가를 꿈꿨었지만, 입학하기 전까지는 몰랐다.

부모님의 편향된 교육 덕분이다.

특히 아빠 브루노는 마법사를 까닭 없이 싫어한다.

그래서 로라는 마법에 관한 것을 전혀 배우지 못하고 오직 검술만 배웠었다.

"마법사 명가라면 역시 샬롯은 어릴 때부터 혹독하게 마법을 배운 거예요?"

로라는 자신의 옛날을 떠올리고 샬롯의 유년기가 자신의 마법 버전이 아니었을까 하고 생각했다.

"당연히 혹독하게 했습니다. 남편은 물론 저도 B랭크 마법사였습니다. 샤로에게 둘이서 영재 교육을 하려고 했습니다…… 그런데."

그런데 어떻게 된 걸까.

어릴 적의 샬롯은 의외로 땡땡이치는 버릇이 있었던 걸까.

"샤로가 다섯 살 무렵, 시골에 은거하던 할아버지 댁에 놀러 갔다가, 옛날에 가자드 가문이 팔레온 왕국에서 최강의 마법사였다는 걸 들어버렸습니다. 그리고 이 집 서고에서 역사를 조사하고…… 가자드 가문의 위광을 되찾겠다고 말하기 시작했습니다. 아무리 가자드 가문이 명가라고 해도 대현자는 이길 수 없으니 그만두라고 했습니다. 하지만 샤로는 저나 남편 말을 듣지 않고…… 우리가 낸 과제 이상의 특훈을 시작했습니다. 아무리 혼내도 그만두지 않았습니다. 걱정돼 죽을 지경이었습니다!"

크리스티나는 당시의 일이 떠올랐는지 감정적으로 말했다.

그걸 들은 샬롯은 뺨을 붉히며 중얼중얼 반론했다.

"며, 명가라고 말한 이상에는 최강을 노리는 게 당연해요…… 상대가 대현자라고 해도, 포기해서는 명가라고 말할 수 없어요. 평범한 방법으로는 따라잡지 못하니까, 쓰러질 때까지 특훈을 하는 게 당연해요."

샬롯의 말을 들은 안나가 「그 논리는 이상해」라고 중얼거렸다.

그러나 로라는 동시에 「그 논리는 알 것 같아요」라고 중얼거리고 말았다.

"아?"

"응?"

안나와 로라는 서로 얼굴을 마주 봤다.

흠.

샬롯은 이상한 말을 자주 하지만, 방금 한 말은 이해하기 쉬웠다. 로라는 어느 부분이 이상한 건지 잘 몰랐다.

"신념은 훌륭하지만 다섯 살 아이가 매일 기절할 때까지 마력을 주무르고 있으면 부모로서 걱정하는 건 당연합니다! 끈으로 묶어서 특훈을 못 하게 했는데…… 밤중에 몰라 빠져나가 마당에 기절해 있는 건 정상이 아닙니다!"

그렇게 크리스티나가 자세한 상황을 설명해줬기에 로라도 「흠」 하고 비정상성을 깨달았다.

그나저나, 바로 눈치챈 안나는 굉장하다. 명탐정이다.

"가, 강해지려면 필요한 일이에요……."

아무리 샬롯이라도 당시의 자신을 돌아보고 반성했는지, 말투에 언제나의 기세가 없었다.

그러나, 그렇다 해도.

마법사 명문 일족이라고 하니, 틀림없이 혹독한 마법 교육을 받았을 줄 알았더니.

실상은 정반대다.

"멋대로 수련하는 샬롯을, 부모님이 열심히 말리셨다니……."

"그건 오해예요, 로라! 아버지와 어머니의 특훈은 계속 이어졌어요. 독학으로는 한계가 있으니까요…… 그리고 저는 거기에 플러스알파! 복습과 예습! 그리고 한계를 뛰어넘은 마력 증강 훈련을 했어요!"

"음…… 복습과 예습까지는 훌륭하지만, 한계를 넘어서 부모님을 걱정시키는 건 훌륭하지 않아요……."

"윽…… 그렇게 말하는 로라도 저랑 같은 상황이었으면 기절할 때까지 특훈할 거잖아요?!"

"그건…… 으음……."

그런 짓은 하지 않는다고 즉시 답하고 싶었지만, 로라는 생각에 잠기고 말았다.

로라의 집은 접근전에 강한 집착을 갖고 있었지만, 딱히 명가라

든가 역사 같은 건 짊어지고 있지 않았다. 단순히 부모님이 접근전 마니아였을 뿐이다.

그렇다면.

로라의 집이 역사 있는 검사 가문이고, 그러나 다른 자가 최강의 검사로 군림하고 있었다면. 그 녀석을 쓰러뜨리기 위해 기절할 때까지 특훈했을지도 모른다. 하지 않았을지도 모른다.

"하지만, 실제로 저는 기절할 때까지 특훈 같은 걸 한 적이 없으니 가정을 이야기해도 곤란해요."

"윽…… 로라마저 제 편을 들어주지 않아요. 슬퍼서 기절할 것 같아요……."

"샬로의 노력파다운 점은 훌륭하지만, 매사에는 한계가 있습니다. 솔직히, 학교에서의 샬로는 어떻습니까? 친구의 입으로 샬로의 모습을 듣고 싶습니다."

"맡겨주세요. 저희만큼 샬롯의 학교생활에 대해 잘 아는 사람은 없으니까요."

"일도 아니지."

로라와 안나는 샬롯의 학교생활을 적나라하게 말했다.

먼저 입학 첫날의 샬롯은 차갑고 쿨한 인상이었다.

그러나 다음 날 아침 눈을 떴을 때, 로라는 샬롯의 포옹 베개가 되어 있었다.

좀처럼 놓아주지 않아, 그 덕분에 지각을 해서 선생님에게 꾸중을 들었다— 라고 알려주었다.

"……샬로는 옛날부터 인형을 안고 있지 않으면 잠들지 못하는 아이였습니다. 로라가 인형처럼 귀여우니 그만 안아버린 것입니다. 하지만 지각은 안 됩니다."

"그, 그건 불가항력이에요. 로라의 안는 느낌이 너무 좋은 게 잘못이에요."

"남 탓을 해서는 안 돼요!"

로라는 날카롭게 쏘아붙여 샬롯을 입 다물게 했다.

그 후, 샬롯은 수련을 위해 선배들에게 잇따라 결투를 신청하고 쓰러뜨린 것.

주말에 다 같이 놀러 갈 때도 『봉마 펜던트』라는 수상한 아이템으로 자기 몸에 정신 부하를 걸어 마력 수련을 쉬지 않은 것을 말했다.

"세상에! 봉마 펜던트가 보이지 않는다 했더니, 샬로가 들고 나간 거였습니다!"

"로라! 말하면 안 돼요!"

"아, 이건 말하면 안 되는 거였나요……."

놀랍게도 샬롯은 옷 안쪽에 지금도 봉마 펜던트를 차고 있었다.

크리스티나에게 몰수당할 뻔했지만, 두 손을 모으고 간청해서 샬롯은 그것을 갖고 다니는 것을 허락받았다.

"위험해서 봉인했던 아이템인데 말입니다……."

"위험하지 않아요. 이미 익숙해졌어요."

위험한 아이템에 익숙해지다니 정말 위험한 사람이야, 라고 로라는 생각했다.

그나저나 이 분위기라면 1학기 말의 토너먼트 이야기는 하지 않는 것이 좋으리라.

샬롯이 학교를 빠지고 산속에 틀어박힌 일이나 결승전에서 팔이 찢어질 때까지 싸운 사실을 알면, 크리스티나가 걱정한 나머지 거품을 물지도 모른다.

"봉마 펜던트라고 하니, 그때 다 같이 동물 잠옷을 사러 갔었어."

안나가 말했다.

"그랬어요. 생각하니 그리워요."

"그때 샬롯은 로라한테 미움받는 걸 상상하고 엉엉 울었어. 다른 손님들이 쳐다봐서 부끄러웠어."

"아아…… 그런 일도 있었네요……."

그것은 분명 잡화점에서 어떤 동물 잠옷으로 할지 고민하고 있을 때였다.

샬롯에게 『혼자 두면 자살할 것 같을 정도로 외로움을 잘 타니까 토끼로 해』라고 로라와 안나가 추천했었다. 그러나 샬롯은 아니라며 부정했다.

그러자 안나가 로라에게 미움받는 걸 상상해보라고 했더니.

샬롯은 가게 안에서 통곡을 했다.

진짜 싫어, 라고 말한 것은 샬롯의 머릿속에만 존재하는 상상 속의 로라인데.

샬롯은 울면서 현실의 로라에게 매달려, 상당히 카오스적인 상황이었다.

"그건…… 제 풍부한 상상력을 나타내는 에피소드예요……!"

"다른 재미있는 일화라면, 로라의 집에 추락했던 일이야."

"아아. 방과 후에 비행 마법 특훈을 하는데, 속도를 너무 낸 샬롯이 공중에서 기절해서 저희 집까지 날아가버렸어요. 아아, 때마침 엄마가 받아주셔서 다행이었어요. 안 그랬다면 지금쯤 샬롯은 땅에 대형 구멍을 내고, 자연재해 취급을 받았을 거예요."

"……샬로. 생각했던 것보다 더 대책 없이 지내고 있습니다."

"오호호호. 로라와 안나가 부풀려서 말하는 것뿐이에요."

어머니의 따가운 시선에, 샬롯은 눈을 피하며 웃음으로 얼버무렸다.

그러나 로라도 안나도 전혀 과장하지 않았다.

있는 그대로의 샬롯을 말했을 뿐이다.

간추려서 말한 만큼 오히려 순화됐을 정도리라.

"그리고 로라의 집에 떨어진 건 저뿐만이 아니에요. 그 후에 안나도 똑같은 짓을 했을 텐데요!"

"그건 맞아. 면목 없어."

안나는 겸연쩍은 듯이 머리를 긁적였다.

그리고 로라와 안나는 학교 축제 때 샬롯이 메이드복을 구해줘서 큰 도움을 받은 일. 란정에서 오줌을 쌀 뻔해서 난감했던 일. 그리고 로라의 생일 파티를 열심히 준비해줘서 멋있었던 일 따위를 말했다.

"샬로. 오줌 싸는 건 안 됩니다!"

"미수예요! 싸지 않았어요!"

"그런 샬롯의 오줌 실수도 제 생일날의 활약으로 상쇄됐어요."

"미수라니까요!"

"그러고 보니, 이 집은 메이드분은 없나요?"

"두 명 있습니다. 한 명은 오늘 쉬는 날이고, 다른 한 명은 심부름을 갔습니다."

"어라? 두 명뿐? 그럼 샬롯이 갖고 왔던 수많은 메이드복은 대체……."

"메이드는 두 명이라도 메이드복은 많습니다. 매일 다른 메이드복을 입게 합니다. 정말 귀엽습니다!"

"다음에 소개할게요~. 두 사람 다 귀여워요~~."

샬롯과 크리스티나는 동시에 헤벌쭉한 얼굴이 됐다.

역시 모녀다.

피는 속일 수 없다.

제 5 장 고대 문명의 유물…… 그 이름은『고타쓰』예요!

샬롯의 이야기로 분위기가 무르익었을 무렵, 일 층에서 문이 닫히는 소리가 났다.

"아버지가 돌아오신 거 아니에요?"

"그런 것 같습니다."

샬롯의 아버지가 왔다면 인사를 해야 한다.

그래서 로라와 안나도 같이 일 층으로 내려갔다.

하쿠는 아직 마가렛에 빠져 있었지만 어쩐지 약이 올라서 안아서 데리고 가기로 했다.

"아버지. 다녀오셨어요."

"여보. 일찍 오셨습니다."

"응, 다녀왔어. 샬롯도 있었냐…… 그리고…… 샬롯의 친구들이냐? 어서 와라. 잘 왔어."

거실로 갔더니, 비싸 보이는 양복과 실크해트 차림의 신사가 소파에 앉아 있었다.

나이는 삼십 대 중반 정도리라.

그가 샬롯의 아버지인 모양이다.

정돈된 이목구비에 무척 긴 콧수염을 좌우로 길렀다.

그 수염 끝이 빙글 말려 있어 무척 재미있다.

그러나 그런 재미있는 모양의 수염을 기른 샬롯의 아버지는 무척 심각한 얼굴을 하고 있었다.

"로라 에드몬즈예요. 얘는 신수 하쿠고요. 샬롯의 친구예요."

"삐—."

"저는 안나 아네트입니다. 실례하고 있어요."

"그래, 너희들이구나. 샬롯한테 이야기는 들었다. 딸과 친하게 지내줘서 고맙구나. 나는 샬롯의 아빠 아서 가자드다. 잘 부탁한다."

그는 미소를 지으며 그렇게 말했지만, 어딘가 어둡게 가라앉은 목소리였다.

"여보. 광산에서 무슨 일이 있었습니까?"

크리스티나는 걱정스러운 듯이 남편의 옆자리에 앉았다.

"……있었지. 터무니없는 일이. 솔직히, 어떻게 설명해야 할지 모르겠어. 하지만…… 어쩌면, 이미 그 광산은 포기하는 수밖에 없을지도 몰라. 폐하께서 관리를 맡기신 광산인데…… 아니, 그것보다 일단은 작업원들을 구출해야 해……."

그렇게 말한 아서는 머리를 감싸 안았다.

자세한 것은 모르지만, 가자드 가문에서 파고 있는 광산에서 큰일이 일어난 모양이다. 낙반 사고 같은 걸까.

"아버지. 그러고 계시지 말고, 저희한테도 설명해주세요. 혹시 목숨과 관계된 거라면 한시라도 빨리 움직이지 않으면 돌이킬 수 없게 돼요! 혹시 가자드 가문의 힘만으로는 해결할 수 없다면, 폐하나 학장님의 힘도 빌려야 해요."

"……그래. 샬롯 말이 맞아. 체면이나 부끄러움을 따질 때가 아니야. 우리 가자드 가문은 선조님의 공적으로 왕가에서 소유한 탄광 하나를 채굴하고 있는 건 알고 있지?"

"네, 물론 알고 있어요."

"그 탄광을 파다 보니…… 터무니없는 물건이 나와버렸다!"

"터무니없는 물건? 그게 대체 뭔데요……?"

"나도 자세한 건 몰라. 네모난 탁자와 이불을 합쳐놓은 것처럼 생긴 기묘한 물체다. 그게 갱도 안쪽에서 잇따라 나타났어. 그 물체에 삼켜진 자는 황홀한 얼굴로 변하고…… 다시는 빠져나올 수 없게 돼. 나도 그 물체에 습격당할 뻔했지만, 간신히 도망쳐 나왔어. 작업원들을 버리고…… 나는 한 명도 구할 수 없었어!"

아서는 입술을 깨물고 눈앞의 탁자를 내리쳤다.

그러나 감정을 폭발시킨 것은 그 한순간뿐, 곧바로 심호흡했다. 겉으로는 진정된 것처럼 보인다.

"……나는 폐하께 보고하고 올게. 샬롯은 대현자에게 왕궁으로 와달라고 부탁해주겠냐? 대현자하고는 가깝게 지내잖니?"

"네. 학장님은 다정한 분이시니까 틀림없이 상담에 응해주실 거예요."

"고맙다. 로라, 안나. 모처럼 와줬는데 경황이 없어서 미안하구나."

아서는 그렇게 말하며 저택을 나갔다.

"크, 큰일입니다. 뭔지는 잘 모르겠지만 큰일입니다!"

"괜찮아요, 어머니. 저희랑 학장님이 어떤 위기도 해결할 거예요!"

"샬로…… 정말 든든합니다! 모르는 사이에 어른이 다 됐습니다!"

"오호호호호. 언제까지고 아이가 아니에요. 자, 로라, 안나, 하쿠. 학장님을 깨우러 가요!"

어머니의 칭찬에 기분이 좋아진 샬롯은 큰 소리로 웃으며 뛰어갔다.

로라는 겨울 방학 숙제는 어떻게 되는 걸까 하고 생각하면서 샬롯을 뒤쫓았다.

※

"역시 학장님은 수면실에 있을까요?"

"아마도."

"일단 쳐들어가요."

"삐—."

그렇게 해서, 수면실 입구까지 왔다.

"로라. 조심해요. 입구의 결계가 회복됐어요!"

"헉! 하지만 전에도 뚫은 적이 있는 결계예요. 문제없어요!"

로라는 문에 걸린 술식을 순식간에 해제했다.

그리고 안쪽의 통로로 침입했다.

침입자를 튕겨 내려 마력이 밀려왔지만, 힘으로 뚫고 나가 수면실에 도착했다.

"학장님! 오늘도 힘차게 말썽을 보고하러 왔어요!"

"흠냐흠냐…… 힘찬 건 좋은데…… 어째서 겨울 방학 첫날부터 말썽이야? 로라, 열 살이 됐으니까 차분해진다고 하지 않았어?"

이불 속에서 대현자의 목소리가 들려왔다.

매우 지당한 말이지만, 말썽을 일으킨 것은 로라가 아니다.

못마땅한 말을 들어도 곤란하다.

"저는 차분해졌어요. 차분하지 않은 건 가자드 가문의 광산이에요!"

"어머. 평소하고 다른 패턴이네. 무슨 일인데?"

대현자는 그제야 벌떡 일어나 하품을 하면서도 로라의 이야기를 진지하게 들을 마음이 든 모양이다.

"그게요. 가자드 가문이 관리하고 있는 탄광에서 이상한 걸 캐내버렸대요. 네모난 탁자와 이불을 합친 듯한 물체가 사람들을 삼켰다? 같은 말을 샬롯의 아버지가 했어요. 무슨 말인지 하나도 모르겠지만, 심각한 분위기만큼 전해졌어요! 그래서 학장님이 왕궁으로 와주셨으면 좋겠다고 했어요."

"네모난 탁자와 이불을 합친 듯한 물체? 음…… 어디서 들어본 것 같기도 하고, 아닌 것 같기도 하고……."

"와! 역시 학장님! 짚이는 게 있으신 거네요. 듬직해요!"

"아니. 있는 것 같기도 하고, 없는 것 같기도 하다는 거야."

"그래도 전혀 없는 것보다는 나아요. 자, 왕궁으로 가요."

"아직 졸린데…… 로라는 사람을 다루는 게 거칠다니까."

대현자는 눈을 비비고 크게 기지개를 켠 뒤 침대에서 기어 나왔다.

그리고 다 같이 왕궁까지 날아갔다.

날듯이 빠르게 달리는 게 아니라 정말 나는 거다. 길을 따라가지 않아도 돼서 무척 편리하다.

※

성문은 대현자의 얼굴로 프리 패스했다.

그러나 대현자는 아직도 졸리는지 웅얼거리면서 빠르게 걸어주지 않는다.

할 수 없이 로라와 안나가 손을 잡아당기고, 샬롯이 등을 밀면서 왕궁의 복도를 나아갔다.

하쿠는 그 주위를 날면서 「삐, 삐」 하고 응원했다.

“기다리게 해드렸어요. 학장님을 데리고 왔어요.”

“로라구나. 들어오라.”

집무실에서 여왕의 목소리가 났기에 로라는 문을 열었다.

이미 아서도 도착해, 창백한 얼굴로 우뚝 서 있었다.

어쨌든 왕가에서 채굴을 맡긴 광산에서 말썽이 일어난 것이다.

아무리 샬롯의 아버지라도 해도 태연할 수 없다.

“이야기는 아서한테 들었다. 딱히 가자드 가문의 책임이 아니니, 아서도 샬롯도 마음에 둘 것 없다. 그래서 대현자. 뭔가 짚이는 건…… 아직 자는 것이냐?”

여왕은 꾸벅꾸벅 졸고 있는 대현자에게 어이없는 시선을 보냈다.

“흠냐흠냐…… 깨어 있어…….”

절반은 깨 있다. 그러나 절반은 자는 것처럼 보인다.

“학장님. 이제 그만 일어나세요.”

“말썽을 해결해주시면 제가 얼마든지 무릎베개든 포옹 베개든 해드릴게요.”

“계속 안 일어나면 전기 쏠 거야.”

“괜찮아, 괜찮아…… 70프로 정도는 깨어 있어.”

흠.

비록 서서히지만 눈꺼풀이 열리고 있다. 확실히 70프로 정도다.

일반인의 70프로라면 불안하지만, 대현자의 70프로라면 괜찮으리라.

"그래서 대현자님. 탄광에 나타난 네모난 탁자와 이불을 합쳐 놓은 듯한 물체…… 뭔가 짚이는 게 있으십니까?"

아서는 매달리는 듯한 투로 물었다.

한때 가자드 가문은 대현자의 라이벌이었던 모양이지만, 아서에게서 라이벌 의식은 느껴지지 않는다.

그렇다고는 해도 언젠가 대현자보다 강해질 거라고 호언장담하는 샬롯도 의지할 때는 마구 의지하므로 경쟁심은 관계없을지도 모른다.

"확증은 없지만, 옛날에 읽은 책에 비슷한 게 나왔었어. 고타쓰라는 건데."

"고타쓰?"

아서는 의아하다는 듯이 단어를 되풀이했다.

로라 일행도 낯선 단어에 고개를 갸웃했다.

"그러니까 고대 문명 때 쓰던 일종의 난방 기구인 모양이야. 유적에서 발굴된 고문서에 기록이 남아 있어…… 실제로는 아직 발견된 게 없으니까, 탄광에서 나온 게 진짜 고타쓰가 맞다면 대발

견이야."

"호호우. 고대 문명의 유물이라. 하지만 난방 기구가 어째서 사람들을 습격한 것이냐?"

"거기까진 몰라. 어쩌면 고타쓰가 아닐지도 모르고. 일단 현장으로 가서 보는 게 먼저야."

"흠. 그럼 조사를 부탁하마. 나도 고타쓰인가를 보고 싶지만……."

여왕이 호기심에 이끌려 위험한 곳에 갔다가 무슨 일이라도 있으면 큰일이다.

높은 사람에게는 이런저런 잔걱정이 있구나, 하고 로라는 또 하나 배웠다.

※

아서의 안내를 받아 탄광으로 향했다.

역시 가자드 가문의 당주인 만큼, 로라가 봐도 매끄러운 비행 마법이었다.

너무 원활한 바람에 하쿠는 자력으로 따라갈 수 없어서 로라의 머리에 매달렸다.

"삐―."

"하쿠는 역시 제 머리 위를 좋아해요."

"삐이."

하쿠는 코끝을 로라의 머리에 비볐다.

귀엽다.

계속 이대로 작은 하쿠로 있어주면 좋을 텐데라고 생각했지만, 그럴 수도 없다.

몇 년 후가 될지는 몰라도, 언젠가는 하쿠도 자라서 로라의 머리에 탈 수 없게 된다.

여름 방학에 오이세 마을에서 본 선대 하쿠가 최종적인 크기리라.

그걸 머리 위에 태우려면 그야말로 키가 산 정도는 돼야 한다.

로라는 빨리 크고 싶지만 아무리 그래도 산은 곤란하다.

분명 오믈렛을 아무리 먹어도 부족할 게 틀림없다.

로라 전용 오믈렛 제조 공장이 필요해진다.

그건 그것대로 좋을 것 같지만, 다른 사람들이 오믈렛을 먹지 못하게 될 것 같으니 역시 안 된다.

로라는 이제 열 살이므로 자기만 오믈렛을 먹을 수 있으면 상관없다는 편협한 사고는 하지 않는다.

그건 그렇고, 하쿠에 대해서 생각했더니 샬롯의 마음을 알 것 같은 기분이 들었다.

알았다고 해도 작은 채로 있어줄 마음은 생기지 않았지만…….

"저 산이 탄광입니다."

선두에서 나는 아서가 앞쪽을 가리켰다.

그곳에는 완만한 산과 마을이 있었다.

탄광에서 일하는 사람들이 사는 마을이리라.

“일단 마을로 가겠습니다. 하지만 물체가 눈치채지 못하게 지금부터 고도를 낮추겠습니다. 저를 따라오세요.”

아서의 말에 전원이 끄덕였다.

대현자가 같이 있는데 지나치게 경계한다는 생각도 들지만, 상대는 미지의 존재. 어쩌면 고대 문명의 유적일 수도 있는 물체다. 거듭 주의하는 게 당연할지도 모른다.

마을에 내리자, 터무니없이 조용했다.

하늘에서 본 느낌으로는 천 명은 넘게 살고 있을 것처럼 보였는데.

“……아무도 없는 거예요? 모두 도망친 걸까요?”

“아니…… 물체에 삼켜진 거야.”

로라의 의문에 아서가 침울한 목소리로 답했다.

“아버지…… 삼켜지면, 어떻게 되는데요……?”

“말로 설명하는 것보다 직접 보는 게 빨라. 이쪽이다. 충분히 경계하면서 가줘. 어디서 물체가 나타날지 몰라…….”

로라 일행을 꿀꺽 침을 삼키고 아서를 쫓아갔다.

대현자조차 긴장한 얼굴이었다.

그리고 길을 꺾자— 이상한 광경이 펼쳐져 있었다.

그것은 확실히 네모난 탁자와 이불을 합쳐놓은 듯한 물체였다.

그것이 길 곳곳에 있고, 이불에서 사람의 머리가 빼꼼 나와 있다.

하나당 한 명.

너나 할 것 없이 물체에서 도망치려고도 하지 않고 황홀한 얼굴로 드러누워 있다.

"어, 어째서 이런 곳에……? 여러분, 길 한가운데에서 자면 안 돼요!"

로라는 가장 가까이에 있던 남자에게로 달려가 뺨을 찰싹찰싹 때렸다.

그러자 남자는 어렴풋이 눈을 뜨고 헤벌쭉 웃었다.

"헤헤…… 알아…… 아는데…… 여기서 나갈 수 없어…… 아니, 나가기 싫어. 최고로 기분 좋아……."

그렇게 말한 남자는 다시 눈을 감고 행복한 얼굴로 잠들었다.

"물체에 삼켜진 자는 모두 이렇게 돼…… 자기 뜻으로 움직이려고 하지 않아."

"자기 뜻으로 움직일 수 없다면 끌어내면 돼요! 에잇, 에잇."

로라는 이불 안에 손을 넣어, 남자의 팔을 잡고 끄집어내려 했다.

그러나, 요지부동이다.

마치 못으로 박아놓은 것처럼 꼼짝도 하지 않는다.

이 이상 세게 당기면, 이 사람의 팔이 찢어지고 만다.

"끄아아아아. 이 사람도 요지부동이에요."

"여기도 마찬가지야."

샬롯과 안나도 다른 사람에게 똑같은 것을 시도했지만 결과는 다르지 않다.

그건 그렇고, 삼켜진 사람들의 기분 좋은 표정.

이 세상의 행복을 모두 모은 듯한 얼굴을 하고 있다.

로라도 살짝 들어가보고 싶을 정도다.

"……이 모양. 내가 읽은 책에 나와 있던 고타쓰 그림과 똑같아."

"그럼, 이것들은 역시 고타쓰인 겁니까?"

아서가 대현자에게 물었다.

"외관은 그래. 하지만…… 책에는 단순한 난방 기구일 거라고 적혀 있었는데…… 아무렇게나 대충 쓰는 저자네. 항의 편지를 보내야겠어."

대현자는 어처구니없는 얼굴로 말했다.

그 유명한『아름다운 대현자』에게서 항의 편지가 도착하면 저자는 벌벌 떨까. 아니면 기뻐할까.

어느 쪽이든 고대 문명은 수천 년도 더 된 옛 문명이므로 그것에 관한 연구에 오류가 있는 건 어쩔 수 없다.

이번 발견을 통해 고타쓰의 연구에 진전이 있을 것이다.

인류사에 새로운 한 페이지가 새겨지는 거다.

※

"이 고타쓰. 부수면 안 돼?"

안나가 궁금증을 제기했다.

"나도 부수려고 해봤지만, 힘 조절이 어려워. 어설픈 힘으로는 흠집 하나 나지 않고, 너무 강한 공격 마법을 쓰면, 안에 들어 있는 사람까지 다칠 것 같아서……."

"흠. 그래도 검이라면 가능할지도 몰라."

안나는 등에 메고 있던 마법검 두 자루— 벼락의(케라우노스) 마법검과 바람의(아네모이) 마법검을 빼 들었다.

그리고 동시에 고타쓰를 향해 내리쳤다.

넋을 잃을 만큼 아름다운 참격이었다. 그러나 고타쓰가 그것을 튕겨 냈다.

"……정말 단단해. 더 세게 때리면 안에 있는 사람까지 벨 것 같고."

"학장님. 무슨 좋은 방법이 없을까요?"

로라는 대현자에게 물었다.

"음…… 이건 마을 사람 전원이 삼켜진 거잖아? 구할 방법을 찾아도 한 명씩 구하고 있으면 시간이 너무 걸려. 아서 씨. 혹시 고타쓰가 어디서 나타났는지 알아?"

"네. 새로 판 갱도 안쪽에서입니다. 안내하겠습니다."

아서가 그렇게 말한 순간.

산 쪽에서 고타쓰가 날아왔다.

그 수는 스무 개다.

"물리쳐요!"

"맡겨주세요!"

로라 일행은 공격 마법을 쐈다. 안나도 케라우노스로 전류를 날려 고타쓰를 공격했다.

이번에는 안에 사람이 없다. 조절하지 않고 마음껏 공격할 수 있다.

대현자는 마력을 쏘는 속도가 차원이 다르게 빨라, 빛의 탄알로 열 개의 고타쓰를 날려버렸다.

로라도 질세라 불의 구체로 고타쓰를 여섯 개 폭파했다.

그리고 남은 네 개에는 샬롯과 아서의 공격 마법. 안나의 전류 공격. 그리고 하쿠의 불꽃 숨이 덮쳤다.

모두 다 강력한 일격이었다.

그러나 네 개의 고타쓰는 겉을 태우면서도 속도를 유지한 채 날아오는 게 아닌가.

"세상에. 제 마법이 효과가 없다니……!"

"와우. 역시 고대 문명의 유물이야!"

대현자는 열 발의 강력한 공격 마법을 쏜 직후인데도 이어서 네 발을 더 쐈다.

그걸로 모든 고타쓰를 물리친 줄 알았다. 그러나 하나의 고타쓰가 공격을 피해 돌진해왔다.

"하앗!"

대현자가 놓친 고타쓰에 로라가 불의 구체를 쐈다.

직격. 폭발.

"로라, 좋은 지원사격이었어. 고마워."

"에헤헤. 하지만 제가 늦었어도 학장님은 한 발 더 쏠 수 있으셨죠?"

"쏠 수 있지만 피곤하니까."

그건 그러리라.

이왕 많은 인원이 왔으니, 대현자에게만 일하게 하지 말고 로라 일행도 부담을 덜어주는 거다.

"샬롯, 위험해!"

고타쓰 무리를 쓰러뜨리고, 긴장을 늦춘 그때.

아서가 외치며 샬롯을 냅다 밀쳤다.

그 순간, 조금 전의 고타쓰와는 다른 방향에서 고타쓰 하나가 날아와, 아서를 삼켜버렸다.

“이럴 수가! 아버지…… 아버지!”

샬롯은 고타쓰를 잡고 늘어졌다.

그 모습을 로라 일행은 아연실색해서 바라보는 수밖에 없었다.

이곳은 적진의 한복판인데.

보이는 적을 쓰러뜨린 것만으로 안심하고 말았다.

완벽한 로라 일행의 실수다.

그런 와중에 아서만 새로운 고타쓰를 눈치채고 딸을 지켰다.

“샬롯…… 난 이제 틀렸어…… 이 지도를 너에게 맡기마…….”

“말도 안 돼요…… 아버지, 고타쓰에서 기어 나오세요!”

“못 해…… 너무 좋아서 거역할 수가 없어…… 이렇게 팔을 내는 것도 솔직히 싫어…… 자, 어서 지도를…….”

“흑…… 아버지…….”

샬롯은 울면서 지도를 받았다.

그러자 아서는 냉큼 팔을 집어넣고는 행복에 취한 얼굴이 됐다.

“아아…… 고타쓰는 이렇게 훌륭한 것이었구나…… 샬롯…… 너도 빨리 고타쓰 속으로 들어가렴…… 아무것도 겁낼 것 없어.”

“아버지?! 무슨 말씀이세요! 저희는 고타쓰에 삼켜진 사람들을 구하러 온 거잖아요……!”

샬롯은 울부짖었다.

그러나 아서는 더는 아무 대답도 하지 않았다.

조용히 눈을 감고 곤히 잘 뿐이다.

“미안해, 샬롯…… 내가 좀 더 정신을 차렸으면…….”

“저도예요…… 고타쓰의 낌새를 전혀 눈치채지 못했어요…….”

“몬스터라면 살기가 있는데, 고타쓰는 기척도 없이 몰래 접근해와…… 하지만 샬롯의 아버지만은 눈치챘어.”

“저희가 방심한 사이에 아버지만은 주위를 살피셨던 거예요……. 아버지를 위해서라도 고타쓰를 막을 방법을 찾아야 해요……!”

샬롯은 눈물을 닦고 일어났다.

그 표정에 비장감은 없었다. 반드시 아버지를 구한다는 결의만이 있었다.

그것을 본 로라 일행도 마음을 다잡았다.

우선은 아서가 맡긴 지도에 따라, 고타쓰가 나타났다는 갱도로 향하는 거다.

“그 고타쓰가 만약 전 세계에 퍼진다면…… 인류는 파멸이에요!”

더는 한순간의 방심도 용납되지 않는다.

※

산에는 갱도가 여러 군데 파여 있었지만, 아서의 지도 덕에 찾던 갱도를 금방 식별해냈다.

로라 일행은 커다란 바위 뒤에 숨어, 갱도의 상황을 살폈다.
그 입구 근처에서 다섯 개의 고타쓰가 날고 있었다.
그러나 보이는 것이 다섯 개라고 해서 방심할 수는 없다.
로라 일행이 그러고 있는 것처럼 고타쓰도 어딘가에 숨어 있을 가능성이 있다.
"어쩌죠? 정면 돌파할까요?"
로라가 제안했다.
"……너무 위험하지 않아?"
안나가 의문을 제기했다.
"위험하긴 하지만 입구는 저것 하나예요. 고민하느니 정면으로 부딪치는 수밖에 없어요."
"……그럼, 내가 미끼가 돼서 고타쓰들의 주의를 끄는 틈에 모두가 갱도로 들어간다거나."
"그거야말로 너무 위험해요! 그러면 안나가 고타쓰의 먹이가 될 게 확실해요!"
"그렇지만…… 모두가 고타쓰를 막을 방법을 찾으면 모든 게 해결돼."
그렇게 중얼거린 안나는 멋대로 나가려고 했다.
그러나 대현자가 뒤에서 머리카락을 잡아당겨 바위 뒤로 되돌렸다

“……학장님, 아파.”

“미안, 미안. 그래도 그냥 두면 미끼가 될 작정이었잖아.”

“그래도 다른 잡아당겨야 할 곳이 있었어. 머리 벗겨지면 학장님 책임이야.”

안나는 뒤통수를 문지르면서 불만스레 말했다.

“그 정도로는 안 빠져—. 그것보다, 한 명만 나간다면 그건 내 역할이잖아?”

“학장님이 미끼가 되시려고요?!”

“그래. 내가 모든 고타쓰를 유인해서 전부 쓰러뜨릴 거야. 너희는 안전해지면 천천히 나와.”

“와! 역시 학장님다운 대담한 작전이에요!”

“……그런 방법이 있었어.”

로라와 안나는 그 완벽한 작전에 깊이 수긍했다.

그러나 샬롯은 별로 받아들일 수 없다는 얼굴이다.

“아무리 그래도 그건 학장님께 너무 염치없는 짓이에요. 여기서는 일단 제가—.”

“샬롯. 지금은 그런 향상심은 필요 없어요.”

“그래. 고집은 좀 더 여유가 있을 때 부려야 해. 지금은 본격적인 위기야.”

“삐!”

하쿠에게도 엄하게 제지당한 뒤에야, 샬롯은 뜻을 굽혔다.

"알았어요…… 그럼 학장님. 부탁드릴게요……."

"맡겨둬—."

대현자는 시원시원하게 바위 앞으로 뛰쳐나갔다.

그것을 눈치챈 고타쓰들은 일제히 대현자를 향해갔다.

역시 다섯 개만이 아니었다.

그 주변 바위 뒤에서 잇따라 고타쓰가 나타났다.

더욱이 갱도 안쪽에서도 여기저기서 튀어나왔다.

대충 백 개는 될까.

그 정도 고타쓰가 대현자를 에워싸고 빙글빙글 도는 광경은 한마디로 불길하다.

대현자는 공격 마법으로 고타쓰의 숫자를 줄여가면서, 뛰어서 로라 일행과 거리를 벌렸다.

그리고 불꽃의 정령을 소환했다.

크기는 인간과 비슷하지만 그 안에 담긴 마력은 지극히 방대하다.

에밀리아보다 강할지도 모른다.

그런 정령이 고타쓰와 같은 수만큼만 나타나, 일제히 박치기를 날렸다.

고타쓰들은 도망치려 우왕좌왕했지만, 정령의 추격을 따돌리지 못하고 눈 깜짝할 사이 타올랐다.

“굉장해요…… 순식간에 모든 고타쓰가 재가 됐어요! 저도 연습해야겠어요!”

“매번 느끼는 거지만, 학장님의 마법은 굉장해요! 마력만 굉장한 게 아니라 제어의 정밀도가 신의 경지예요!”

“너무 굉장해서 나는 잘 몰랐어.”

“삐—.”

대현자의 기술을 보고, 저마다 감상을 늘어놓았다.

“우후후. 이제 됐으려나? 하지만 거듭 주의해서, 정령들은 실체화한 채로 해둘게. 한 마리만 갱도 안으로 데리고 가고 나머지는 여기서 망을 보게 하자—.”

그렇게 말하면서도 대현자는 주위를 경계하는 것을 게을리하지 않았다.

로라 일행도 어디서 고타쓰가 나타나더라도 대응할 수 있도록 긴장을 늦추지 않았다.

그런데.

완전히 예상 밖의 곳에서.

땅을 가르고, 대현자의 바로 밑에서 고타쓰가 나타났다.

““““학장님!””””

로라 일행이 소리쳤다.

이것이 평범한 공격이었다면, 아무리 기습이라 해도, 그리고 직격이라 해도 걱정할 것은 없다.

그러나 고타쓰에게 포위당하는 것은, 공격과는 또 다르다.

모두가 황홀한 얼굴이 되어 잠들고 만다.

어떤 의미로는 공격의 정반대다.

대현자는 그런 고타쓰에 삼켜지고— 다음 순간, 불꽃의 정령이 모조리 사라졌다.

"아아~~ 고타쓰, 기분 좋아~~."

그리고 고타쓰 안에서 행복한 듯한 대현자의 목소리가 들렸다.

인류는 희망을 잃었다.

사상 초유의 절망이 밀어닥쳤다.

※

"학장님, 정신 차리세요! 학장님이라면 고타쓰도 거역할 수 있을 거예요!"

로라는 가장 먼저 대현자에게 달려가, 고타쓰에서 끄집어내려 했다.

일반인과 달리, 대현자라면 힘 조절을 하지 않아도 찢어지지 않을 거다.

로라는 대현자의 두 팔을 잡고, 당겼다.

"으윽. 으윽."

그래도 대현자는 안 빠져요.

"로라, 도울게요!"

"나도."

샬롯이 로라를 당기고, 안나가, 샬롯을 당겼다.

그래도 대현자는 안 빠져요.

"삐—. 삐—."

하쿠는 파닥파닥 날아다니면서 응원을 보냈다.

그래도 대현자는 안 빠져요.

"아! 고타쓰를 차원 창고에 가두면 돼요. 왜 지금까지 깨닫지 못했을까요."

로라는 대현자의 팔을 놓았다.

그 순간, 샬롯과 안나에게 잡아당겨져, 뒤로 넘어졌다.

그러나 샬롯의 팔이 쿠션 역할을 해주었기에 로라는 아프지 않았다.

대신에 가장 뒤에 있던 안나가 「크악」 하고 고통스러운 소리를 냈다.

로라는 데굴데굴 굴러 이동한 다음, 차원 창고의 문을 전개했다.

고타쓰를 『건너편 세계』로 보내려 했다.

그러나.

"어라? 문이 안 열려요…… 그보다…… 학장님이 방해하고 있어요?!"

"미안해, 로라…… 난 고타쓰에서 나가고 싶지 않아…… 아니, 나가야 한다는 건 알아. 하지만…… 아아, 틀렸어. 몸도 마음도 고타쓰에 지배되어가……."

"정말요?! 정말 지배되신 거예요? 그냥 단순히 낮잠이 자고 싶으신 건 아니죠?"

"낮잠을 자고 싶은 내 의지와 고타쓰의 마력이 서로 싸워서…… 탈출 불가능이 됐어."

"그건 싸우는 게 아니에요! 서로 돕는 거잖아요!"

로라가 그렇게 외친 순간.

상공에서 고타쓰 대군이 몰려왔다.

로라 일행은 물리치려 태세를 갖추었다.

그러나 그것보다 먼저 불꽃의 정령이 나타나 고타쓰 무리를 모조리 불태웠다.

"학장님……?"

"……여기서 나갈 수는 없지만, 고타쓰와 싸우는 건 어떻게든 가능해…… 정신력을 쓰니까, 소환할 수 있는 정령은 열 마리 정도지만…… 자, 로라. 샬롯. 안나. 하쿠. 여기는 내가 지킬 테니까, 너희는 갱도 안쪽에 있는 무언가를 찾아! 인류를 구하려면 그 길밖에 없어!"

대현자는 필사적인 얼굴로 외쳤다.

굉장한 정신력이다.

지금까지 봐온 고타쓰에 삼켜진 사람들은 헤벌쭉한 얼굴로 드러누울 뿐이었는데. 대현자는 아슬아슬하게 자아를 지키고 있다.

“알겠어요…… 학장님, 뒷일은 맡겨주세요!”

“아버지도, 학장님도, 그리고 인류도 구해 보일게요!”

“목숨을 걸어서라도 고타쓰를 멈출게……!”

“삐—!”

대현자를 혼자 이곳에 두고 가는 것은 마음이 무겁다.

그러나 그 선택지밖에 없었다.

로라 일행은 눈물을 삼키고 갱도로 들어갔다.

로라는 인간 크기의 벼락의 정령을 소환해, 맨 앞을 걷게 했다.

조명 역할을 하고 고타쓰가 날아오면 미끼로도 쓸 수 있다.

“하쿠는 앞을 보고 있으세요. 고타쓰가 나오면 불꽃을 뿜어서 공격해주세요. 뒤쪽 경계는 샬롯과 안나에게 맡길게요.”

“삐!”

“이 샬롯 가자드. 반드시 로라를 지킬게요!”

“학장님이 애쓰고 있으니까 괜찮겠지만…… 전력을 다해 로라를 지킬게.”

“네?! 저를 지키는 게 아니라, 다 같이 가는 거예요!”

“그건 아니에요. 학장님이 고타쓰에 삼켜져버린 지금, 인류 최강은 로라. 이 앞에 뭐가 기다리고 있을지는 모르지만…… 상대는 고대 문명의 유물이에요. 맞설 수 있을 법한 사람은 전 인류 가운데 로라뿐이에요.”

“맞아. 나랑 샬롯을 희생해서라도 로라는 앞으로 나가야 해.”

로라는 뭐라고 반론하려 했지만 객관적으로 생각해서 그것은 사실이었다.

로라의 어깨에는 터무니없이 무거운 책임이 지워져 있었다.

“……할 수 있는 만큼, 다 같이 가요!”

그래도 로라는 친구를 잘라 버리는 짓은 하고 싶지 않았다.

마음을 말하고, 묵묵히 나아갈 뿐이다.

다행히 아무리 나아가도 고타쓰는 나타나지 않았다.

어쩌면 덫일지도 모르지만, 바라던 바다.

덫까지 통째로 가루로 만들어주마.

※

이윽고—.

갱도가 갑자기 넓어졌다.

벼락의 정령이 내뿜는 빛이 끝까지 닿지 않을 정도의 공간이다.

그곳에 집채만 크기의 고타쓰가 떡하니 기다리고 있었다.

"왔구나. 인간 아이들아."

그 커다란 고타쓰는 인간의 말로 말을 걸어왔다.

고타쓰가 말을 한 사실에 로라 일행이 놀라고 있자, 고타쓰는 계속 말을 이어갔다.

"내 이름은 마더 고타쓰. 모든 고타쓰를 지배하는 존재. 인간 아이들아, 행복한 잠을 선사하겠다."

마더 고타쓰라고 자신을 소개한 그것의 안에서, 작은 고타쓰가 수없이 나타났다.

100…… 아니, 200. 아직 계속 늘어갔다.

"이, 이건 너무 많아요!"

"일단 철수해야 해."

"등을 보이면 당해요! 차원 창고, 전개!"

로라는 차원 창고의 문을 열고, 행해오는 고타쓰를 차례차례 전송해갔다.

어떤 공격이든 적이든, 닿지 않으면 소용없다.

차원 창고의 문에 의한 방패는 철벽 방어다.

그러나 차원 창고의 문을 열어둔 채로 두는 것은, 로라에게 처음 하는 경험이었다.

그것이 상상 이상으로 마력을 소비했다.

"로라! 작은 고타쓰보다 저 큰 고타쓰를 먼저 차원 창고로 보내는 게 좋아!"

안나가 외쳤다.

깜짝 놀란 로라는 거대 고타쓰를 문에 집어넣으려 했다.

그러나—.

"문이 안 열려요!!"

작은 고타쓰는 문제없이 넣을 수 있었다.

그러나 거대 고타쓰를 차원 창고로 보내려 시도해도, 문은 열리지 않았다.

"차원 창고를 쓸 수 있다니, 보기와 달리 높은 레벨의 마법사인 모양이군. 하지만 차원에 간섭하는 것 정도는 나도 할 수 있어. 마더 고다쓰를 만만히 보지 마!"

어찌 된 일일까.

이런 이불과 책상을 합체한 듯한 물체가 차원 창고를 무력화하다니.

고대 문명의 기술력이 무섭다.

"위험…… 해요…… 더는, 못 버텨요……."

이미 몇 분이 흘렀다.

향해오는 고타쓰들을 차원 창고로 계속 보낸 로라는 이미 마력이 바닥나고 있었다.

"로라, 힘내요! 고타쓰를 전부 삼키면 로라의 승리예요!"

"도울 수 없는 게 답답해…… 힘내 로라."

"삐—!"

응원이 고맙다.

그러나 그것만으로 마력이 회복될 만큼 세상은 호락호락하지 않았다.

로라의 마력은 차원 창고의 문을 유지할 수 없을 정도로 줄어들고, 마침내 문의 방패 틈으로 고타쓰가 침입해왔다.

그 틈새로 고타쓰가 침입해왔다.

그러나.

"빛이여. 내 마력을 바친다. 따라서 계약이다. 적을 쳐부숴라—."

그때 이미 샬롯의 주문 영창은 끝나 있었다.

혼신의 마력을 담은 빛의 포격이 여섯 개의 고타쓰를 한꺼번에 꿰뚫었다.

고타쓰가 더욱 침입해왔다.

그와 동시에 안나가 두 개의 마법검을 번쩍였다.

먼저 강렬한 회오리바람이 고타쓰들을 덮치고, 움직임을 봉했다. 이어서 전류가 용솟음치고, 고타쓰를 모조리 가루로 만들었다.

"삐이이이이이!"

더욱이 로라의 머리 위에서 하쿠가 광선을 뿜었다.

하쿠가 자기 힘으로 뿜을 수 있는 것은 불꽃뿐으로, 로라가 강화 마법을 걸어주지 않으면 광선은 되지 않았었다. 그런데 광선이다. 어느새 하쿠도 성장해 있었다.

그런 모두의 도움을 받았음에도.

고타쓰들의 숫자는 줄지 않았다.

마더 고타쓰에게서 끝없이 고타쓰가 솟아 나왔다.

그리고 마침내.

로라도, 샬롯도, 안나도, 하쿠도.

각각 고타쓰에게 삼켜지고 말았다.

"방심, 했어요…… 정말 꼼짝도 할 수 없어요…… 오히려, 본능이 고타쓰에서 나가기 싫다고 외치고 있어요……."

"이럴 수가, 다름 아닌 제가…… 제 독한 근성이 통하지 않아요…… 거역할 수 없어요……."

"이대로 잠들어버리고 싶어…… 그게 행복이라고 느끼게 돼……."

"삐이……."

로라 일행은 고타쓰 안에서 마더 고타쓰를 노려봤다.

그러나 그 눈빛도 그다지 날카롭지 않으리라.

금방이라도 잠들어버릴 것 같으므로.

"이걸로, 이 일대 사람은 모두 거두어들였어…… 머지않아 대륙 전체의 인간을 잠들게 해주겠다."

"왜죠…… 왜 인간을 잠들게 하는 거죠? 고대 문명은 뭘 위해서 고타쓰를 만든 거예요……?"

로라는 힘을 쥐어 짜내 물었다.

"뻔한 소릴. 인간을 동면시키기 위해서다. 춥고 혹독한 겨울을 쾌적한 고타쓰 안에서 잠들어 봄이 올 때까지 푹 잔다. 너희들 인간은 그러기 위해 나를 만들었을 텐데."

"……네?"

"후후후. 고타쓰 안은 따뜻하기만 한 게 아니야. 마법 기술의 정수를 결집한 완전한 생명 유지 기능도 있지. 강력한 방어 결계에 의해 외부의 적의 공격에도 끄떡없어! 고타쓰로 겨울을 넘기면…… 기운 회복! 봄에 눈을 떴을 때…… 너희들 인간은 매우 건강해져서, 새로운 한 해를 즐겁게 보내는 거야! 후하하하하하하!"

마더 고타쓰는 큰 소리로 웃었다.

로라는 절대로 그렇게 하게는 안 돼요, 라고 외치려 했지만 말리는 게 좋은 건지 잘 알 수 없어졌다.

※

"어쩌죠. 샬롯, 안나. 봄이 오면 깨는 모양이니까…… 이대로 자도 괜찮을 것 같지 않아요?"

"무슨 말이에요, 로라! 아버지와 학장님의 희생으로 여기까지 온 걸 잊은 거예요?"

"아니, 그러니까, 그 두 분도 봄이 오면 깨요."

로라가 그렇게 말하자, 마더 고타쓰가 보충했다.

"후하하하하. 맞아. 그것도 최고로 상쾌한 기분으로 깨지. 요통이나 어깨 결림도 싹 나아!"

"앗…… 그러고 보니, 요즘 아버지는 어깨 결림이 심하다고 한탄하셨어요…… 그럼, 이대로 있는 게 아버지를 위해서……?"

샬롯이 당황했다.

로라도 점점 고타쓰는 인류에게 쓸모 있는 존재라는 생각으로 기울기 시작했다.

그러나 안나가 본질을 파고들었다.

"잠깐. 건강에는 좋을지 몰라도, 봄까지 계속 자면 겨울 방학 숙제를 못 해. 숙제는 물론이고 3학기를 통째로 쉬게 돼. 선생님한테 혼날 거야."

"앗! 게다가 즐거운 겨울 방학도 사라져버려요…… 하마터면 속을 뻔했어요!"

"그럴 거라고 생각했어요! 총명한 우리를 속이는 짓 따위 불가능해요!"

"글쎄…… 나는 딱히 속일 생각 같은 건 없는데…… 뭐, 좋아.

아무리 너희가 거부해도, 겨울잠 시간이다. 어째서 일어나려고 발버둥 치는 거야. 잠이야말로 나의 기쁨. 잠들어가는 자야말로 아름다워. 자, 내 품속에서 자장자장 자거라. 자장자장 우리 아기, 착한 아기!"

마더 고타쓰의 말이 졸음을 불러왔다.

그러나 여기서 로라 일행이 잠들어버리면 이제 누구도 깨우러 와주지 않는다.

마더 고타쓰를 막을 자가 사라지고 만다.

"그렇게 하게는 안 돼요……."

로라는 힘을 쥐어 짜내 고타쓰에서 기어 나가려고 했다.

그럴수록 몸은 꿈쩍도 하지 않았다.

마치 자기 몸이 아닌 것 같다.

"이대로라면 정말 숙제를 못 하게 돼요…… 안 돼요…… 숙제를 빨리 끝내고…… 다 같이 놀아야 해요!"

로라의 마음이 정점에 달한 순간.

어느 한 가지 생각이 떠올랐다.

그렇다. 고타쓰에서 나갈 수 없다면—.

"고타쓰째 이동하면 돼요!"

"그, 그런 말도 안 되는!"

마더 고타쓰가 경악해 외치는 가운데, 로라는 비행 마법으로 고타쓰째 떠올랐다.

더욱이.

"로라~."

"아, 학장님도 고타쓰째 날고 있어요!"

입구 쪽에서 대현자가 고타쓰를 짊어지고 슝 하고 날아왔다.

마치 거북이 같은 모습이었다.

"고타쓰에 삼켜져서도 비행 마법을 쓰는 정신력이라고……? 어째서 그렇게까지 겨울잠을 거부하는 거야. 겨울은 그저 추울 뿐이잖아. 그래서 너희들 인간은 고타쓰를 만든 거잖아?!"

마더 고타쓰는 로라와 대현자를 보고 공포로 소리쳤다.

그럴 만도 했다.

그쪽에서 보자면 자신의 존재 가치를 부정당한 것이다.

그러나 로라 일행은 고타쓰를 만든 고대 문명인이 아니다.

겨울잠 따위 바라지 않는다.

"당신은 틀렸어요…… 겨울은 춥기만 한 게 아니에요. 춥기에 따뜻한 게 맛있는 거예요. 그리고 눈싸움을 하거나 눈사람을 만들거나 겨울에만 할 수 있는 놀이도 있어요. 무엇보다…… 겨울잠을 자면 봄까지 오믈렛을 먹을 수 없어요! 그건 인생의 손해예요!"

"잘 말했어, 로라! 나도 자는 건 좋아하지만…… 그건 남한테 강요받는 게 아니야. 낮잠은 자기 의지로 자는 거야. 사실은 일해야 할 때 굳이 잔다! 그 배덕감이 참을 수 없이 짜릿해!"

대현자의 강한 주장에 로라는 처음에는 감명을 받았지만, 곰곰이 생각하니 대단한 말이 아니었다. 오히려 한심한 인간의 전형이었다.

"오믈렛이나 낮잠 같은 건 몰라도…… 두 사람의 뜨거운 마음은 저에게도 전해졌어요! 여기서 자고 있을 때가 아니에요. 애초에 저는 로라를 포옹 베개로 삼지 않으면 잠들 수 없는 여자예요!"

"기대했던 겨울 방학을 잠으로 보내는 건 있을 수 없어…… 다 같이 놀래!"

샬롯과 안나도 고타쓰째 날았다.

"삐—."

하쿠도 기합을 넣은 울음소리와 함께 날려고 했다.

그러나 고타쓰가 너무 무거워서 날아오르지 못했다.

"큭…… 설마 고타쓰를 거역할 수 있는 자가 넷이나 있었다니…… 하지만 나는 역할을 다할 뿐! 인류에게 행복한 겨울잠을 선사할 뿐이다!"

마더 고타쓰의 주위를 날고 있던 고타쓰들이 일제히 향해왔다.

조금 전까지는 위협적이었다.

고타쓰에게 먹히면 움직일 수 없다는 공포감이 있었다.

그러나 로라 일행은 이미 고타쓰의 안이다.

고타쓰의 마력을 뛰어넘고 극복했다.

따라서 새로운 고타쓰가 향해와도, 그것은 단순한 박치기밖에 되지 않는다.

"모두, 마더 고타쓰를 집중 공격해요!"

"다른 고타쓰는 무시해도 돼!"

"알아요!"

"이 한 방으로 끝낼 거야……!"

로라 일행 네 명은 고타쓰째 팽이처럼 회전했다.

그리고 날아오는 고타쓰들을 튕겨 내면서 마더 고타쓰를 향해 돌진해갔다.

"끄아아아악."

충격으로 마더 고타쓰는 동굴 깊숙이 날아갔다.

그 충격 탓인지 다른 고타쓰들이 일제히 땅으로 떨어졌다.

젊어진 고타쓰에서 더는 마력이 느껴지지 않았다.

계속 감싸여 있고 싶은 욕구가 깨끗이 사라졌다.

"해냈어요! 우리가 이겼어요!"

모두 일제히 고타쓰를 벗어던졌다.

"삐—."

하쿠도 고타쓰에서 끼어 나와, 로라의 곁으로 날아왔다.

그러나 아직 끝이 아니었다.

마더 고타쓰의 괴로운 신음이 들려왔다.
“크…… 나, 나는…….”
“아직 살아 있어요…… 빨리 부숴버려요!”
샬롯은 마더 고타쓰를 노려보며 외쳤다.
그러나 로라는 마음이 복잡했다.
확실히 강제 잠을 선사하는 고타쓰는 성가시다.
하지만 애초에는 인간에 의해 만들어진 존재다.
마더 고타쓰는 역할을 다하려는 것뿐이다.
“학장님…… 이대로 마더 고타쓰를 부수는 게 좋을까요? 저는 고타쓰가 그렇게 나쁜 존재라는 생각은 들지 않아요…….”
“로라! 하고 싶은 말은 알겠지만, 동정은 쓸데없어요. 이 고타쓰가 다시 움직이기 시작하면, 또 이번처럼 막을 수 있다는 보장은 없어요. 지금은 겨울 방학이니까 저희도 힘을 짜낼 수 있었지만…… 이게 만약 3학기 중이라면요? 수업에 가고 싶다는 마음으로 고타쓰의 마력을 물리칠 수 있어요?!”
“그건……!”
할 수 있다고는 도저히 말할 수 없었다.
그만큼 고타쓰 속은 감미로웠다.
겨울 방학 첫날이라는 기적적인 순간이었기에 거역할 수 있었다.
반대로 겨울 방학 마지막 날이었다면…… 상상하는 것만으로도 무섭다.

"……나를 파괴해라."

그때, 마더 고타쓰가 뜻밖의 말을 했다.

"사실은 알고 있었어…… 더는 내가 만들어진 시대의 겨울만큼 지금의 겨울은 혹독하지 않다는 것을…… 인류는 겨울잠 따위 필요하지 않다는 것을. 하지만 나는 나 자신의 존재 의의를 버리고 싶지 않았어…… 자, 내 마음이 변하기 전에 해. 내 몸은 견고하지만, 너희 힘이라면 완전히 파괴하는 것도 가능하겠지. 부탁이야. 역할을 잃어버린 채로 계속 살고 싶지 않아."

"다, 단념했군요…… 그렇다면 원하는 대로…… 파괴해…… 줄게, 요……."

샬롯의 말에는 주저함이 묻어났다.

당연하리라.

조금 전까지 마더 고타쓰는 쓰러뜨려야 할 적이었다.

그러나 지금은 역사의 흐름 속에 남겨진 가련한 마법 도구일 뿐이다.

"학장님…… 마더 고타쓰가 불쌍해…… 어떻게든 해줘."

안나는 대현자의 옷을 잡고 애원했다.

"흑……흑…… 가엾어요. 자신의 역할을 다한 것뿐인데 어째서 이렇게 되는 거예요……."

조금 전까지 마더 고타쓰를 부수자고 했던 샬롯도 완전히 동정하는 마음으로 돌아서 눈물을 흘리며 울고 있다.

“나도 마더 고타쓰가 불쌍하지만…… 지금의 인류와는 맞지 않아. 파괴하든…… 아니면 다시 한번 여기에 묻고 봉인을…….”

“봉인? 아서줘. 또 몇천 년을 땅속에 잠드는 건 사절이야! 제발 파괴해줘!”

대현자의 『봉인』이라는 말을, 마더 고타쓰는 진심으로 싫어했다.

거기에는 절망마저 엿보였다.

그렇다면 정말로 파괴하는 수밖에 없을까.

그것이 마더 고타쓰에게 구원일까.

현대에서도 고타쓰에게 역할을 줄 수는 없는 걸까.

“아! 학장님, 이런 건 어떨까요? 중얼중얼.”

그것은 고타쓰의 가치관을 바닥부터 뒤엎는 것이었기에 마더 고타쓰가 동요하지 않도록 로라는 일단 대현자에게만 슬쩍 귀띔했다.

“어머, 로라. 대담한 의견이네. 하지만…… 이대로 파괴할 바에는 시도해볼 가치는 있겠어. 일단 마더 고타쓰를 차원 창고로 보내자.”

“아. 마더 고타쓰는 차원 창고를 취소할 수 있는 힘이 있어요.”

“와, 그래? 고성능이네. 그럼 둘이서 해볼까.”

“아! 혼자서는 못 해도, 두 명이 힘을 합치면!”

로라와 대현자는 하나둘 셋에 마더 고타쓰의 발밑에 차원 창고의 문을 열었다.

로라가 혼자서 똑같은 것을 시도했을 때는 실패했지만, 두 명 분량의 방대한 마력으로 강제로 마더 고타쓰를 거두어들여갔다.

"뭐, 뭐지?! 으악, 삼켜진다!"

그 고대 문명의 유물도 로라와 대현자를 합친 마력량은 예상 밖이었는지 몹시 동요한 목소리로 외치면서 가라앉아갔다.

"로라, 학장님. 마더 고타쓰를 어떻게 할 생각이에요?"

"설마, 계속 차원 창고에 가둬두려고? 그건 그것대로 불쌍해."

"아니에요. 더 좋은 거예요. 분명 마더 고타쓰도 좋아할 거예요!"

그리고 로라는 샬롯과 안나에게도 자기 생각을 설명했다.

그러자 두 사람은 그거라면 모두가 행복해질 수 있다고 보증해 주었다.

※

갱도를 나오자, 마침 샬롯의 아버지 아서가 다가왔다.

"갑자기 고타쓰에서 나올 수 있게 됐습니다. 저뿐만 아니라 마을 사람들도요. 대현자님과 아이들이 뭔가를 한 겁니까?"

"맞아. 자세한 이야기는 왕궁에 돌아가서 하겠지만…… 일단,

고타쓰는 이제 해롭지 않아. 주변에 널린 고타쓰는 일반 탁자로 쓰면 돼."

"오오…… 역시 대현자님만 한 분은 없습니다. 뭐라고 감사를 드려야 할지……."

"인사 같은 건 됐어. 이번에 가장 애쓴 건 애들이고."

"호…… 샬롯. 그리고 로라, 안나. 고맙다. 아무래도 너희에게 큰 은혜를 입은 것 같구나."

아서는 진지한 목소리로 말했다.

이만한 사건을 해결하는 데 아이들이 활약했다는 말을 듣는다면, 보통은 농담이라고 생각하리라.

그러나 아서는 로라 일행이 어리다고 해서 가볍게 보는 기색은 없다.

샬롯은 그의 딸이니 그 힘을 알고 있는 게 당연하지만, 로라와 안나는 오늘 처음 만난 사이다.

분명 아서가 일류 마법사이기에 로라와 안나의 힘을 꿰뚫어 본 것이리라.

"은혜라니요…… 친구의 집이 위기인걸요. 돕는 게 당연해요."

로라는 수줍어져서 머리를 긁적였다.

"맞아. 특히 나는 가자드가에 보육원 빚을 대신 떠맡게 한 빚이 있어. 그 빚은 아직 갚을 수 없지만…… 조금씩 은혜를 갚아나갈게요."

"그래. 안나가 보육원 아이였구나. 돈은 신경 쓰지 마라. 여유가 생겼을 때, 갚고 싶어지면 갚거라."

"……고맙습니다."

안나는 고마움을 전했다.

"아니다. 오늘 고맙다고 해야 할 사람은 나야. 정말 고마워."

아서도 고마움을 전했다.

"……천만에요."

안나도 수줍은 듯이 뺨을 긁적였다.

"삐—."

"하쿠도 고맙다."

"삐이."

이름을 불린 하쿠는 만족스레 울었다. 그렇지만 이번에 하쿠는 고타쓰에 계속 삼켜져 있었기에 딱히 활약하지는 않았다.

"자. 왕궁에 가서 폐하한테 알리자. 마더 고타쓰의 운명은 어떤 의미로 폐하가 쥐고 있는 거니까."

대현자가 그렇게 말하자 사정을 모르는 아서는 「마더 고타쓰?」 하고 의아한 듯이 중얼거렸다.

그것을 본 로라, 샬롯, 안나는 얼굴을 마주 보고 킥 하고 웃었다.

제 6 장 현대의 코타쓰 생활이에요

로라의 아이디어는 고타쓰에게 새로운 역할을 주는 것이었다.

고타쓰는 고대 문명이 겨울잠을 위해 만든 도구다.

그러나 현대는 겨울잠이 필요할 만큼 춥지 않다.

다만 그것은 어디까지나 팔레온 왕국의 겨울 이야기다.

북쪽 지방에 가면 고타쓰의 힘이 필요한 나라가 있을지도 모른다.

물론 겨울 내내 자는 것은 과한 짓이다.

죽는 사람이 나올 정도의 강력한 한파가 왔을 때 활약하도록 하는 것이다.

그리고 고타쓰 안에서 자면 어깨 결림이나 요통이 낫는다고 마더 고타쓰가 말했었다.

그렇다면 그럼 증상에 시달리는 사람을 감싸, 나을 때까지 따뜻하게 해주는 것도 좋다.

다시 말해, 마더 고타쓰가 전 세계를 돌며 활약할 장소를 직접 찾게 하는 것이다.

"이 계획에는 두 가지 문제점이 있어요. 먼저 마더 고타쓰가 싫어하면 소용없는 계획이에요. 그리고 또 하나. 갑자기 하늘에서 마더 고타쓰가 내려오면 엄청난 패닉 상태가 된다는 거예요.”

로라는 집무실에서 여왕과 아서에게 설명했다.

“흠. 확실히 정체불명의 물체가 날아오면 누구라도 놀라겠지. 더구나 마더 고타쓰는 집채만큼이나 거대하지 않으냐? 도움이 되고 말고 이전의 문제니라. 자칫하면 전투가 될 수도 있어.”

여왕이 냉정한 의견을 말했다.

그에 대해 대현자가 대처법을 말했다.

“그래서 폐하의 소개장이 필요해. 이 물체는 마더 고타쓰라는 고대 문명의 유물입니다. 인간에게 위해는 끼치지 않습니다. 위해는커녕 우수한 난방 기구가 되어, 어깨 결림과 요통도 낫게 합니다…… 같은 소개장을 에멜린 그레다 팔레온의 이름으로 써서 주면, 현지인도 이야기 정도는 들어줄 거야.”

“흠. 그렇게 해서 마더 고타쓰가 실제로 유용한 점을 보여주면 신용을 얻을 수 있다라. 허나 그것은 직접 그 마더 고타쓰와 이야기한 다음이니라. 어떤 성질인지도 모르는 물체의 소개장을 그냥 써줄 수는 없어. 하물며 로라가 말한 것처럼 본인이 싫어할지도 모르고 말이다.”

“응. 그건 당연해. 아서 씨도 그걸로 되겠어?”

“물론입니다. 애초에 저는 고타쓰에게서 작업원들을 해방시켜준 것만으로도 만족하니까요. 고타쓰의 처우에 관해 뭐라고 말할 수 있는 입장이 아닙니다."

그렇게 해서 방침이 정해졌다.

곧바로 왕궁의 정원에 차원 창고의 문을 열고, 마더 고타쓰를 불러냈다.

"오오! 거대한 탁자와 이불! 이게 마더 고타쓰구나…… 어마어마한 박력이야."

여왕은 눈을 동그랗게 뜨고 마더 고타쓰를 올려다봤다.

"우리를 삼켰던 고타쓰의 우두머리가 이거였어…… 이런 게 탄광 아래 잠들어 있었다니…… 정말 무슨 일이 일어날지 모를 세상이야."

아서는 절실히 중얼거렸다.

"태양 아래에서 보니 더 커 보여요~."

"이게 말을 하다니 비현실적이야."

샬롯과 안나도 새삼 감상을 말했다.

"여긴 어디지…… 나는 새까만 공간에 갇혀 있었는데…… 응? 너희는 조금 전의 인간…… 그래, 드디어 나를 파괴해주려는 거구나."

"아니에요. 기어코, 무슨 일이 있어도 그러길 원하신다면 그렇게 될지도 모르지만…… 그전에 제 제안을 들어주실래요? 분명 서로에게 도움이 될 거예요."

로라는 마더 고타쓰에게 방금 모두에게 말한 것과 똑같이 설명했다.

설명하는 도중에 혹시 거절당하면 어쩌지 하는 걱정에 로라는 제정신이 아니었다.

"……봄까지 겨울잠을 자게 하는 게 아니라, 한파 때만? 어깨 결림과 요통 치료에 전념…… 내가 그런 걸 할 수 있을까?"

마더 고타쓰는 자신이 없는 모양이다.

그러나 무조건 부정하지는 않았다.

적어도 관심은 있는 모양이다.

"그걸 지금부터 연습하는 거예요. 저희를 피실험체로…… 그래요, 우선은 폐하로 시험해봐요."

"나, 나로 말이냐?! 괜찮을까……?"

"그야 폐하는 고타쓰에 관심이 많으시잖아요. 게다가 일을 많이 하시니까 어깨가 결리실 것 같고요."

"음. 확실히 만성 어깨 결림이니라. 하지만…… 정말 괜찮을까?"

여왕은 로라 일행과 대현자, 그리고 마더 고타쓰를 둘러봤다.

결코 소심한 사람은 아니지만, 고대 문명 유물의 피실험체가 되는 것은 아무래도 망설여지는 모양이다.

"괜찮아, 괜찮아. 마더 고타쓰는 더는 인간에게 겨울잠을 자게 할 생각 같은 건 없잖아? 그렇지?"

"음. 이미 인류에게는 겨울잠이 필요하지 않다는 건 알았어. 너희가 원한다면, 자기 의지로 탈출할 수 있도록 조정해보겠다."

"봐. 마더 고타쓰도 그렇게 말하고."

"음…… 좋다. 실제로 고타쓰에는 관심이 있다. 나를 감싸거라!"

"좋다."

여왕이 결심을 굳힌 듯이 외치자, 마더 고타쓰의 이불 속에서 평범한 크기의 고타쓰가 튀어나왔다.

그리고 여왕의 앞에 슥 내려섰다.

"들어가면 되는 것이냐? 들어가도 되는 것이냐?"

"폐하. 이제 그만 받아들이세요."

"용기를 내서 쑥 들어가."

샬롯과 안나의 재촉에 여왕은 쭈뼛거리면서 발끝부터 고타쓰에 집어넣었다.

그리고 다리가 다 들어가자, 고타쓰 위에 턱을 얹고 「멍」한 얼굴이 됐다.

"이건…… 비할 데 없는 안락함이구나…… 탈출할 수 없어……."

"어어? 못 빠져나오시는 거예요? 마더 고타쓰 씨. 조정이 약한 거 아니에요?"

로라가 물었더니,

"그렇지만…… 나는 지금 정신 조작의 마법을 차단했어. 그 고타쓰는 그냥 따뜻할 뿐이야."

마더 고타쓰는 잘라 말했다.

거짓말을 하는 것처럼은 들리지 않는다.

어찌 된 걸까 하고 로라도 여왕과 같은 고타쓰에 다리를 넣어 봤다.

"으아. 여전히 좋아요. 하지만…… 확실히 좋을 뿐이에요. 절대로 빠져나갈 수 없을 것 같은, 그런 마음을 지배당하는 느낌은 없어요."

"그렇지? 나는 약속은 지켜."

"그렇다면, 나는 왜 여기서 나갈 수 없는 것이냐?"

"음…… 단순히 좋아서 나가기 싫으신 것뿐이에요. 이렇게 말하는 저도 나가기 싫어요."

로라도 여왕과 마찬가지로 고타쓰에 턱을 얹고 늘어졌다.

"으음…… 로라야. 굳이 마법이 아니더라도 나갈 수 없다면 마찬가지 아니냐…… 나는 할 일이 산더미니라……."

"그렇게 생각하시죠? 하지만 마법이 아니라면 기력의 문제예요. 이대로 평생 오믈렛을 먹을 수 없다고 생각하면…… 에잇!"

고타쓰냐 오믈렛이냐.

그 두 가지 선택지를 자신에게 강력히 밀어붙임으로써 로라는 고타쓰에서 쏙 탈출해보였다.

"로라가 고타쓰에서 혼자 힘으로 살아 돌아왔어요!"

"광산에서 습격해온 고타쓰는 아무리 힘을 쥐어짜도 역부족이었어. 그때 그 고타쓰와는 완전히 다르다는 거야."

"네, 네. 자, 폐하도 노력해서 탈출하세요."

"그리 말해도…… 하아, 기분이 좋으니라."

여왕은 여전히 멍한 얼굴로 움직이려 하지 않는다.

로라의 오믈렛. 거기에 필적하는 것이 여왕에게도 있으면 좋을 텐데.

"폐하가 이대로시면 이 나라가 멈춰버려…… 아아, 고타쓰를 발굴해버린 내 책임이야!"

아서는 머리를 감싸고 고개를 푹 숙였다.

요상한 수염을 기른 것치고 간이 작다.

아무래도 샬롯은 어머니의 피를 진하게 이어받은 모양이다.

"아서 씨. 낙담할 거 없어. 마법이 걸린 게 아니라면 잡아당기면 빠지잖아. 읏챠."

"으아, 고타쓰에서 나와버렸어. 좀 더 있고 싶었어……."

대현자가 잡아당기자, 여왕은 깜짝 놀랄 정도로 간단히 고타쓰에게 구출됐다.

이로써 고타쓰가 안전한 물체임이 증명됐지만, 살짝 허무하다.

"그래서 폐하. 어깨 결림은 나은 거 같아?"

"음…… 나은 것 같기도 하고, 아닌 것 같기도 하고. 애초에 그렇게 심한 결림이 아니었느니라."

여왕은 팔을 돌리면서 모호한 대답을 내놓았다.

아무래도 어깨 결림 치료의 샘플로는 부적절한 인물 같다.

“그렇다면 아버지 차례예요!”

“나, 나 말이냐?!”

“네. 요즘 어깨 결림이 심하시잖아요? 그게 나으면 고타쓰의 유용성을 증명할 수 있어요.”

“……알았다. 고타쓰는 내가 관리하는 광산에서 나왔어. 그 미래에 관한 일이라면 도와야 해. 얍!”

아서는 기합과 함께 고타쓰에 파고들었다.

“아아…… 여전히 굉장한 안락함이야…….”

“아버지. 좀 더 어깨까지 넣어보세요.”

“이렇게……?”

“역시 아버지세요! 하지만 아버지만 피실험체로 만들 순 없어요…… 저도 동참할게요!”

샬롯도 고타쓰에 어깨까지 파고들었다.

그리고 부녀가 함께 「아아~~」 하고 행복한 탄성을 질렀다.

“이건 얼마나 있어야 어깨 결림이 낫는 거예요?”

로라는 가자드 가문의 부녀를 바라보면서 마더 고타쓰에게 물었다.

“흠. 만성적인 어깨 결림이나 요통을 완치하려면 그야말로 봄까지 있어야겠지. 하지만 순간적으로 개선하는 것뿐이라면 세 시간 정도면 될 거야."

"와. 의외로 빠르네요. 그럼 세 시간 후에 결과를 보러 와요."

"세 시간으로 된다면 나도 들어가겠다. 직접 체험해야 자신 있게 소개장을 쓸 수 있느니라."

여왕도 고타쓰에 굼실굼실 파고들었다.

그러자.

"그럼 나도 들어갈래. 팔레온 왕국의 여왕에 더해서 대현자의 소개장까지 있으면 고타쓰의 신용도는 껑충 뛰어오를 거야."

"학장님은 그냥 낮잠 자고 싶은 것뿐이잖아."

그런 안나의 지적을 무시하고, 대현자도 고타쓰에 들어갔다.

그리고 눈을 감고, 순식간에 낮잠 모드에 돌입했다.

엄청난 속도다.

고른 숨소리가 들려왔다.

로라도 잠자리를 가리지 않는 편이지만, 대현자와는 비교가 되지 않는다.

"학장님뿐만 아니라 샬롯도 아서 아저씨도 폐하도 잠들어버렸어요."

"뭔가 따돌림받은 기분이야."

"삐—."

로라, 안나, 하쿠는 잠든 네 사람을 부러운 눈길로 내려다봤다.

이렇게 된 이상 고타쓰를 하나 더 꺼내달라고 해 자기들도 들어가는 게 좋을지 모른다.

그러나 모두 다 고타쓰에 들어가버리면, 세 시간 후에 빼내줄 사람이 없어진다.

광산 때와는 달리 고타쓰에 들어간 사람을 빼내는 것은 간단하다.

그렇지만 자력 탈출은 불가능까지는 아니더라도 여전히 어렵다.

로라는 조금 전, 오믈렛을 떠올림으로써 자력 탈출에 성공했다.

그러나 세 시간이나 들어가 있으면 몸도 마음도 풀어져버릴 거다.

오믈렛을 상상하는 것만으로는 힘이 생기지 않을 가능성도 있다.

누군가가 진짜 오믈렛을 갖고 와줘야 한다.

그래서 로라 무리는 고타쓰에 들어가지 않고, 세 시간을 보내기로 했다.

"왕궁을 탐험해요!"

"그래."

"삐—."

두 명과 한 마리는 왕궁을 정처 없이 돌아다녔다.

그러자 한 시녀가 발견하고 불러 세웠다.

혼나는 건가 하고 로라는 태세를 취했지만, 시녀는 「오랜만이네요, 로라, 안나」 하고 미소 지어왔다.

누구지 하고 시녀의 얼굴을 찬찬히 보는 사이에 떠올랐다.

일전에 부유 보물고를 탐험하러 갔을 때 생존 도구를 준비해준 시녀다.

생존 도구는 결국 쓰지 않았지만, 같이 받은 물통에 들어 있던 주스는 무척 맛있었다.

“오랜만이에요! 전에 주신 파인 주스는 무척 맛있었어요!”

“내 물통에 들어 있던 포도 주스도 맛있었어.”

그렇다. 한 명 한 명 다른 주스가 들어 있었다.

덕분에 다 같이 돌려 마시면서 즐거웠다.

“천만에요. 그때 폐하께서 과일 수집에 빠져 계셔서 그걸 짜서 만들었어요. 그런데 두 사람은 여기서 뭘 하는 거예요?”

“삐—.”

“……두 사람과 한 마리는 뭘 하는 거예요?”

숫자에 포함된 하쿠는 로라의 머리 위에서 만족스레 「삐이」 하고 울었다.

“실은, 고대 문명의 유물인 고타쓰라는 것이 있거든요. 그것의 효과를 확인하기 위해서 폐하와 일행이 자고 있어요. 그래서 저희는 앞으로 세 시간 정도 시간을 보내야 해요.”

“좋은 기회니까 왕궁을 탐험하려고.”

“그렇군요. 고타쓰가 어쩌고 하는 건 잘 모르겠지만, 대현자님이 관련되신 거죠? 알겠어요."

알아줬다.

대현자의 신용은 굉장하다.

"하지만 아무리 그래도 아이들끼리만 왕궁을 돌아다니면 사정을 모르는 사람이 깜짝 놀랄 거예요. 이쪽으로 오세요. 과자와 홍차가 있어요."

"우와. 고맙습니다."

"역시 우리끼리 돌아다니는 건 안 되는 거였어……."

"삐—."

시녀가 자신의 방으로 데리고 가주었다.

여왕의 몸종인 만큼 예쁜 방에 살고 있었다.

그곳에서 로라와 안나는 맛있는 과자와 홍차를 대접받으면서 『겨울 방학 숙제를 하고 싶은데 가자드 가문의 광산에서 고타쓰가 나와서 고생이다』라고 말했다.

시녀는 싱글벙글 웃으며 재미있게 이야기를 들어주었다.

"아, 슬슬 세 시간이 됐어요. 모두를 깨우러 가야 해요. 잘 먹었습니다!"

"주스에 이어 오늘 준 과자랑 홍차도 아주 맛있었어. 잘 먹었어."

"삐—."

"천만에요. 또 놀러 와주세요."

시녀의 방을 나온 로라 무리는 정원을 향해 탁탁 달려갔다.

하늘은 완전히 어두워져 있었다.

"마더 고타쓰 씨. 모두들 어때요?"

"푹 잠들었어. 물론 마법으로 재운 것도, 탈출을 방해하고 있는 것도 아니야. 그저 안락해서 잠들었을 뿐이야. 뽑으면 일어나겠지."

"네!"

로라와 안나는 분담해서 네 사람을 고타쓰에서 뽑아냈다.

그 순간.

""""짜잔!""""

로라와 안나가 부를 것도 없이 네 사람은 벌떡 일어났다.

놀랍게도 대현자까지 잠에서 깨, 활기로 가득 찬 얼굴을 하고 있다.

이것은 심상치 않다.

고타쓰의 압도적인 효능에 로라는 두려움마저 느꼈다.

이것은…… 극락이다.

"몸이 가벼워요~! 지금이라면 마법을 쓰지 않고도 날 수 있을 것 같아요!"

"그렇게 묵직하게 무겁던 어깨가…… 마치 아무것도 없는 것 같아! 돌아가! 팔이 돌아가!"

"음! 어깨 결림이 어떤 개념이었는지 전혀 생각나지 않는구나!"

"내, 내가 낮잠을 자기 싫은 기분……?! 날뛰고 싶어! 날뛰고 싶은 기분이야! 뭔가…… 뭔가 해서 후련해져야 해! 아아아아!"

난폭해진 대현자는 온몸에서 강력한 마력을 내뿜어, 주변 공간에 간섭해 밤을 낮으로 바꾸거나 저녁노을로 바꾸면서 어지럽게 변화시켰다.

이윽고 후련해졌는지 원래의 밤하늘로 되돌렸다.

"후우……."

"후우가 아니에요, 학장님. 낮으로 바꿨다가 밤으로 바꿨다가…… 왕도 사람들이 깜짝 놀라잖아요!"

"괜찮아, 괜찮아. 왕궁 내에서만 그런 거니까."

"아, 그럼 괜찮아요."

"괜찮을까……?"

안나가 의아해했다.

로라도 실제로는 별로 괜찮지 않을지도 모른다고 생각했지만, 뭐, 대현자가 한 일이니 모두 이해해주리라.

"어쨌든 고타쓰가 어깨 결림에 효과가 있는 건 증명됐어요. 자, 폐하. 마더 고타쓰 씨에게 소개장을 써주세요."

"맡기거라! 어느 누가 읽어도 고타쓰를 믿어버릴 훌륭한 소개장을 써주겠다!"

"잘됐네요, 마더 고타쓰 씨. 사람에게 겨울잠을 선사하는 것 말고도 도움이 된다는 걸 알았고, 폐하의 소개장이 있으면 어디든 갈 수 있어요. 제2의 인생…… 아니, 제2의 고타쓰생이에요!"

"……고맙다, 로라야. 나는 지금껏 인간에게 겨울잠을 선사하는 것만을 생각해왔지만…… 방법에 따라서는 이런 식으로도 도움이 될 수 있었어."

"분명 고타쓰에는 무한한 가능성이 있어요! 다만…… 지금 이 세 시간으로 학장님이 지나치게 쌩쌩해지신 것처럼…… 좀 더 힘 조절이 필요할지도 몰라요."

"어머~! 저는 좀 더 쌩쌩해져도 괜찮아요! 기운 넘치게 로라를 안을래요! 최고로 하이한 기분이에요~!"

그렇게 외친 샬롯이 로라를 끌어안았다.

흥분한 탓인지 얼굴이 새빨개져 있다.

평소의 세 배 정도의 힘이다.

샬롯뿐만 아니라 아서와 여왕도 쓸데없이 큰 소리로 외치며 펄쩍펄쩍 뛰어다녔다.

얌전한 것은 마력을 내뿜고 후련해진 대현자뿐이다.

"흠. 이건 개선의 여지가 있어. 좀 더 이곳에 머물면서 연습하는 게 좋겠어."

"흠! 그대가 만족할 때까지 왕궁에 있도록 해라! 그리고 우리를 기분 좋게 해다오! 원한다면 계속 있어도 좋다!"

여왕은 아직 힘이 남아도는지 요란한 몸짓을 섞어가면서 외쳤다.

"고맙다. 하지만 나는 세계를 구경하고 싶어. 돌이켜보면…… 과거에도 이 지역에서 움직이는 일 없이, 겨울이 되면 인간에게 겨울잠을 자게 하고, 봄이 되면 깨우는 일을 반복해왔을 뿐이야. 그 이외의 방법으로 인간에게 도움이 될 수 있는 걸 몰랐어. 바깥세상이 어떻게 어떤 건지도 몰랐어. 나 자신을 시험해보고 싶어. 뭘 할 수 있는지 알고 싶어."

마더 고타쓰는 아득히 먼 곳을 보는 눈으로 말했다.

물론 고타쓰에게 눈은 없으므로 실제로 어디를 보고 있는지는 모른다.

어디까지나 비유지만, 길을 떠나려 하고 있으니 아득한 눈길임이 틀림없다.

"그래…… 그대는 고대 문명의 유물. 놓치는 건 아쉽지만, 인격을 가진 존재이기도 하다. 그 뜻은 존중해야겠지. 제2의 인생…… 아니, 고타쓰생을 마음껏 즐기도록 해라."

※

다음 날.

겨울 방학 이틀째.

마더 고타쓰는 왕궁의 뜰에서 자신의 힘을 제어하기 위한 연습을 하고 있었다.

로라 일행은 그것과 겨울 방학 숙제를 조화시켜 일석이조를 노렸다.

고타쓰에 들어간 사람은 건강해질 뿐만 아니라, 엄청나게 기분이 고양된다.

움직이고 싶어서 견딜 수 없어진다.

거기서 로라 일행은 고타쓰 속에 들어가 에너지를 충전하고, 그것을 숙제에 쏟아부음으로써 평소보다 빨리 끝낼 수 있지 않을까 하고 생각했다.

"고타쓰에 들어온 지 삼십 분 정도 지났어요……."

"여전히 자력으로 빠져나가는 건 힘들어요……."

"폐하. 시녀님. 지금이야. 뽑아줘."

"알겠느니라!"

"네."

여왕과 시녀는 재빠른 움직임으로 로라, 샬롯, 안나를 고타쓰에서 뽑아냈다.

뽑혀 나온 로라 일행은 고타쓰 옆에 마련된 일반 책상으로 가, 「이야아아압!」 하고 하이 텐션으로 숙제를 해나갔다.

그 하이 텐션은 삼십 분 정도밖에 유지되지 않았다.

그래서 또 삼십 분 고타쓰에 들어갔다가 여왕이 뽑아주면 삼십 분 숙제를 하는 루틴이다.

"그건 그렇고…… 왜 너희들 숙제를 내가 돕고 있는 것이냐? 이런 건 대현자에게 시킬 일 아니냐?"

"무슨 말씀이세요, 폐하. 학장님이 일부 학생의 숙제만 돕는 건 불공평하잖아요."

"흠. 그건 그렇구나. 하지만 내가 해야 할 이유는 못 돼."

여왕은 그렇게 투덜거리면서도 아까부터 계속 도와주고 있다.

어쨌든 이것은 겨울 방학 숙제임과 동시에 고대 문명의 유물의 뜻이기도 한 것이다.

일국의 여왕이 도울 만한 가치가 있는 일이다.

애초에 어째서 여왕이 돕게 됐는가 하면.

계기는 약 세 시간 전.

로라 일행 세 명은 고타쓰를 이용해 숙제 속도 올리기 작전을 실행했지만, 자력으로 고타쓰에서 빠져나오지 못하고 「살려줘—」 하고 외치는 처지가 됐다.

하쿠가 잡아당겨서 구하려 했지만, 힘이 너무 약해서 역부족이었다.

그때 산책 중이던 여왕과 시녀가 다가와서 끄집어내주었다.

아침 아홉 시 무렵부터 시작해서 슬슬 낮이었다.

여왕도 시녀도 계속 도와주고 있다.

정말 친절한 사람들이다.

로라가 그렇게 감동하고 있는데.

"아, 안 돼, 안 돼. 역시 더는 못 도와준다. 나도 할 일이 있느니라."

"앗! 그럼 오후에는 어떻게 숙제를 하면 좋죠?"

"오후에는 고타쓰에 기대지 말고 그냥 하면 되겠지. 원래 숙제란 그런 것이니라."

여왕은 정론을 남기고 떠났다.

"음…… 도와줄 사람이 없으면 안 돼요. 폐하 말대로 오후에는 샬롯 집에라도 가서 그냥 하는 수밖에 없어요."

"그전에 점심을 먹으러 란정에 가고 싶어요."

"란정, 찬성. 그런데 마더 고타쓰는 오후에 어떻게 할 거야?"

안나가 묻자,

"나는 여기서 햇볕을 쬘 거야. 계속 흙 밑에서 자고 있었으니까 하늘을 보는 것만으로도 좋아."

마더 고타쓰는 그런 말을 꺼냈다.

의외로 느긋한 성격인 모양이다.

대현자와 마음이 맞을 것 같다.

"……여러모로 힘들었겠어."

"말썽도 있었지만 땅 위로 나올 수 있어서 다행이에요~~."

“마더 고타쓰가 발굴된 건 가자드 가문 덕분이에요. 역시 가자드 가문은 훌륭해요.”

“오호호. 머지않아 제가 가자드 가문을 다시 최강의 마법사 집안으로 만들어 보이겠어요—!”

큰 소리로 웃는 샬롯을 앞세우고 란정으로 향했다.

라멘을 먹고, 오후에는 샬롯의 집에서 느긋하게 숙제하는 거다.

숙제를 하고 있었더니 샬롯의 어머니 크리스티나가 어제와 마찬가지로 카페오레를 갖다주었다.

“아버지는 또 광산에 갔습니다. 고타쓰가 없어졌으니 늦어진 공사 속도를 회복하는 겁니다. 여러분도 숙제를 열심히 하는 겁니다.”

“““네—.”””

“삐—.”

“원한다면 제가 숙제 응원 춤을 춰드리겠습니다.”

“어머니. 방해하지 말아주세요.”

“……샬로가 반항기입니다!”

크리스티나는 부루퉁해져서 방을 나갔다.

그러나 크리스티나가 있든 없든 숙제 진도가 늦는 것은 변함없다.

한 문제를 풀면 하쿠와 놀고 한 문제를 풀면 빈둥거리고 한 문제를 풀면 과자를 먹는다.

그러는 사이, 밖은 자줏빛이 되어갔다.

“굉장해요! 우리가 아침부터 저녁까지 숙제를 하고 있었어요! 아아, 성실한 학생이에요~.”

“오전은 몰라도 오후는 반 이상 논 것 같은데…….”

안나의 지적대로 절반 이상 놀았다.

그러나 공부하자는 마음만은 있었다.

마음만이라도 숙제를 향해 있었던 것을 칭찬해줬으면 싶다.

로라는 칭찬으로 크는 아이다. 분명.

※

겨울 방학 사흘째에도 아침부터 고타쓰를 이용한 고속 숙제다.

역시 오전에만 여왕 폐하와 시녀가 도와주었다.

오후에는 또 어디선가 빈둥거리자—.

그렇게 떠나려는 로라 일행을, 마더 고타쓰가 불러 세웠다.

“방금 살짝 힌트를 잡은 것 같아. 누구 한 명이면 돼. 고타쓰에 들어간 채로 숙제를 해봐줘.”

“고타쓰에 들어간 채로 숙제를요? 말도 안 돼요. 고타쓰에 들어가면 느긋해져서 그런 걸 할 때가 아니게 돼요.”

“조금 전까지는 그랬지. 따라서 고타쓰의 힘을 조절한다. 느긋한 정도를 줄이고, 체력 회복과 집중력 상승효과만 부여하는 거야. 그걸로 고타쓰 안에서도 작업할 수가 있을 거야."

그렇게 유리하게만 일이 굴러갈까.

그렇게 의문을 느끼면서도, 로라가 대표로 고타쓰에 들어가 숙제를 해봤다.

그러자.

"아아?! 느긋해지긴 하지만…… 잠들 정도는 아니에요. 제대로 집중할 수 있어요. 조금 전까지처럼 오싹할 정도의 기운은 솟지 않지만, 이거라면 계속할 수 있을 것 같아요."

"그렇겠지. 전체적인 균형을 부드럽게 했으니까. 폭발력은 없지만, 일일이 고타쓰를 들락거리지 않아도 돼."

"굉장해요. 샬롯과 안나도 들어와서 숙제해요!"

"정말 그 성능이라면 며칠 안으로 숙제를 끝낼 수 있어요!"

"응. 이상적인 공부 고타쓰야. 근데…… 일단 점심부터 먹으러 가자."

"삐—."

"그렇군요! 그럼 어제 점심은 라멘이었으니 오늘은 학교 식당에서 오믈렛을 먹어요. 오믈렛을 먹지 않으면 숙제할 수 없다, 라는 격언도 있어요."

"누구 격언이지?"

그리고 학교 식당으로 가서 각자 원하는 것을 먹은 다음 다시 왕궁의 뜰에서 숙제를 했다.

부드러워진 고타쓰의 힘으로 단숨에 끝내는 거다.

"……효과가 지나치게 부드럽지 않아요?"

"확실히. 따듯한 건 분명해. 어렴풋이 집중력도 생기는 것 같고. 하지만 어렴풋이라는 수준이야."

샬롯과 안나가 그렇게 평가하자, 「그래…… 그럼 좀 더 효과를 높일까」 하고 마더 고타쓰가 대응에 나섰다.

그 순간.

"흐아…… 졸려요."

"이건…… 너무 강해요……."

"아무것도 할 수 없어. 자는 수밖에. 피유—."

그런 식으로 고타쓰의 힘을 조절해갔다.

역시 힘을 올리면 졸리고, 낮추면 졸리지 않지만 기운 회복 효과도 낮다는 것이 판명 났다.

다시 말해, 『고타쓰 안에서 끝없이 숙제에 집중하는』 것은 무리인 듯하다.

"끝없이 집중할 수는 없어도 부드럽게 해두면 적당히 집중할 수 있어. 이 상태로 꾸준히 노력하는 수밖에 없어."

"결국 숙제는 자기 힘으로 하라는 거네요."

"역시 꾸준한 노력이 최고예요. 묵묵히 하다 보면 목표에 도달

할 수 있어요.”

※

겨울 방학 나흘째.

로라 일행이 고타쓰의 힘을 빌려 숙제를 시작한 지 사흘째.

꼼수를 부리지 않고 꾸준히 하는 것이 가장 효율적이라는 사실을 깨달은 로라 일행은 부드러운 상태의 고타쓰에 들어가 묵묵히 숙제에 집중했다.

“어머. 정말 열심히 하고 있네. 장해, 장해.”

모습을 보러 온 대현자가 칭찬해주었다.

칭찬한 뒤, 자신도 고타쓰에 들어와 새근새근 잠들어버렸다.

“음? 이상해. 나는 지금 그 고타쓰를 부드러운 상태로 해뒀어. 졸음을 부를 리가 없는데…….”

마더 고타쓰가 당황한 목소리로 말했다.

“괜찮아요. 학장님은 이유가 없어도 주무세요. 고타쓰하고는 상관없어요.”

“아아, 그런 거였어. 세상은 넓어.”

대현자의 낮잠으로 세상의 크기를 깨달아버린 마더 고타쓰다.

새근거리는 대현자의 잠든 숨소리를 들으면서 숙제했다.

그 리듬이 묘하게 기분 좋아서 순조롭게 진척됐다.

낮에 시녀가 샌드위치와 우유를 갖다주었다.

그것을 고타쓰에 들어간 채로 먹은 뒤 오후에도 숙제를 했다.

그리고 무려 저녁 무렵에 모두 끝나버린 게 아닌가.

“아, 아? 아직 겨울 방학 사흘째인데요?! 진짜예요?”

“다시 한번 확인해요! 나중에 하지 않은 페이지가 나오면 큰일이에요!”

“문제집은 다 끝났어⋯⋯ 남은 건 일기뿐인가?”

“일기는 미리 쓸 수가 없으니⋯⋯ 지금 할 수 있는 숙제는 끝낸 거예요!”

“다시 말해⋯⋯ 실컷 놀 수 있어요!”

샬롯은 일어나 하늘을 향해 주먹을 치켜들었다.

로라와 안나도 같이 주먹을 치켜들었다.

“여름 방학과는 정반대예요! 이것도 다 고타쓰 덕분이에요!”

“고타쓰 덕분이야. 고마워.”

“이 정도면 전 세계 어디를 가도 사람들에게 도움이 될 수 있어요!”

로라 일행은 마더 고타쓰에게 찬사를 보냈다.

“도움이 돼서 기쁘군. 하지만 작업이 진전된 건 너희들 힘이야. 나는 계기를 만들어준 것에 지나지 않아.”

“그 계기가 중요한 거예요! 숙제만큼 우울한 작업은 없으니까요…… 게다가 집중하는 계기가 되다니, 역시 고대 문명의 유물이에요!"

"그래. 그럼 순수하게 기뻐하지. 너희 덕분에 자신감이 생겼어. 고마워. 내일 바로 떠나는 거로 할게."

"그렇군요…… 앗, 내일이요?! 너무 갑자기 아닌가요?"

"조금 더 느긋하게 지내도 돼요."

"괜찮다면 우리랑 같이 로라 집에 놀러 가도 되는데."

"삐—."

그렇게 만류해도, 마더 고타쓰의 뜻은 변하지 않았다.

"그렇게 말해주는 건 고마워. 하지만 너희도 말했었잖아. 이 지역은 겨울잠이 필요할 만큼 추워지지 않아. 하지만 좀 더 북쪽으로 가면, 생명을 위협하는 한파도 있다고 말이야. 그런 곳에서야말로 나는 도움이 될 거야."

"마더 고타쓰 씨의 뜻은 알았어요…… 그렇게까지 말한다면 말리면 안 되는 거겠죠."

"학장님. 마더 고타쓰가 내일 떠난대. 일어나, 일어나."

"아침부터 저녁까지 계속 자다니, 학장님의 낮잠은 차원이 달라요……."

"흠냐흠냐…… 뭔데에?"

일어난 대현자에게 사정을 설명했다.

“아, 내일? 그건 큰일이잖아. 그럼 지금 구조를 알아봐야지. 잠시 실례할게.”

“음? 앗, 이봐. 내 안에 들어오려는 거냐?! 그만둬, 부끄럽잖아!”

상대가 싫어하는 것을 무시하고, 대현자는 이불을 젖히고 마더 고타쓰의 안으로 들어갔다.

평범한 고타쓰와 달리 마더 고타쓰는 집채만 크기다.

안에서 뛰어다닐 수 있을 정도로 넓을 거다.

“우리도 들어가 봐요.”

“관둬! 부끄러워!”

몹시 필사적인 목소리로 제지해왔다.

그렇게까지 부끄러워한다는 것은, 로라 일행의 감각에 비추어 보자면, 누군가가 치마 속에 머리를 쑥 들이미는 것과 같은 상황인 걸까.

확실히 그건 부끄럽다.

마더 고타쓰의 안에 들어가는 것은 관두자.

“있지, 있지, 마더 고타쓰. 작은 고타쓰는 어떻게 내보내? 좀 해봐.”

“뭐?! 지금 내 안에 들어온 것도 모자라…… 고타쓰를 낳는 순간을 보고 싶다는 거냐?!”

“보고 싶어. 뭐 어때. 닳는 것도 아니고. 응? 응?”

“아아, 이상한 곳 만지지 마! 알았어. 지금 고타쓰를 낳겠다……!”

마더 고타쓰가 자포자기한 기색으로 외친 순간.

이불이 젖혀지고, 새로운 고타쓰가 튀어나왔다.

"흠. 여기서 고타쓰를 만드는 게 아니라 어디선가 소환하는 거네. 고타쓰를 보관하는 전용 차원이 있는 것 같네…… 역시 고대 문명이야."

"이제 됐겠지? 내부를 보이는 건 부끄럽다!"

"아— 안 돼. 너는 아주 귀한 거니까, 구석구석 샅샅이 살펴볼 거야."

"무슨, 아, 안 돼, 그곳은…… 변태!"

마더 고타쓰가 비명을 질렀다.

목소리만 듣고 있자니, 몹시 수상쩍다.

그러나 고타쓰다.

고타쓰 본인이 아무리 부끄러워해도, 이것은 건전한 조사다.

조사는 대현자에게 맡기고, 로라 일행은 여왕에게 마더 고타쓰가 내일 떠난다는 것을 알린 뒤, 얌전히 학교 기숙사로 돌아갔다.

※

겨울 방학, 닷새째.

마더 고타쓰가 떠나는 날이다.

숙제로 신세를 진 로라, 샬롯, 안나. 그리고 하쿠는 물론.

여왕에 시녀. 대현자.

그리고 가자드 가문의 당주 아서와 그 아내 크리스티나도 마더 고타쓰를 배웅하러 왕궁에 모였다.

"정말 가버리는 거군요…… 봄 방학 때 다시 돌아와주세요!"

"여름 방학 때도 돌아와."

"저는 계속 고타쓰가 있어줬으면 좋겠어요…… 쓰러지기 직전까지 수련하고, 고타쓰로 체력을 회복해서 수련하는 걸 해보고 싶었어요……."

샬롯이 위험한 발언을 했다.

고타쓰가 있다는 이유로 돌이킬 수 없는 상태가 될 때까지 수련하는 샬롯의 모습이 떠올랐다.

앞으로 마더 고타쓰 돌아와도, 샬롯의 수련에는 쓰지 못하게 하도록 주의해야 할 것이다.

"나았던 어깨 결림이 다시 나빠지기 시작했어. 다시 한번 고타쓰에 들어가서 고치고 싶구나."

"폐하와 마찬가지로 저도 그렇습니다. 그날 딱 하루는 상쾌했지만 다음 날부터는 도로……."

어깨 결림과 요통을 완전히 낫게 하려면, 봄까지 계속 고타쓰에 들어가 있어야 한다고 한다.

그러나 마더 고타쓰는 지금 떠나고 싶어 한다.

북쪽으로 가면 어깨 결림이 문제가 아니라, 고타쓰의 힘으로 생명을 구할 수 있을지도 모른다.

여왕과 아서에게는 미안하지만, 스스로 어깨 결림을 고치는 수밖에 없다.

"남편의 어깨는 제가 주물러주겠습니다. 고타쓰가 없어도 괜찮습니다."

"그럼 저도 주물러드릴게요~~."

"오오, 고마워…… 나는 가족 복이 많아서 행복해."

아서는 아내와 딸을 끌어안았다.

"그럼, 저랑 안나가 폐하의 어깨를 주물러드려요."

"나중에 어깨 안마권을 만들어서 갖고 올게."

"고맙구나. 모두 착한 아이로 자라고 있구나. 계속 그렇게 자라다오. 모험가로서의 실력은 몰라도, 인간으로서는 대현자를 본받아서는 안 돼."

그렇게 말하는 여왕의 어깨를, 대현자가 등 뒤에서 꽉 붙잡았다.

"우후후. 폐하도 참, 그렇게 어깨가 결리면 내가 주물러줄게."

"아야야야야얏! 너무 세잖아, 멍청아!"

울상이 된 여왕은 대현자를 뿌리치려 했지만, 체격 차이가 너무 나서 역부족이었다.

그때 마더 고타쓰에게서 「후후」 하고 작은 웃음소리가 새어 나왔다.

"너희는 재미있어. 인간이 이렇게 재미있는 존재인 줄은 몰랐어. 이 시대에 부활해서 처음 만난 인간이 너희라서 다행이야. 안 그랬다면 나는 아무것도 모른 채 인간 전체를 강제로 겨울잠에 들게 했겠지……."

"마더 고타쓰 씨. 세상은 넓어요. 하지만 저는 얼마나 넓은지 아직 몰라요. 한발 먼저 여행을 떠나는 마더 고타쓰 씨가 부러워요. 저도 학교를 졸업하면 여행을 떠나니, 언젠가 세계 어디선가 만나요. 그리고 세상이 얼마나 넓은지 함께 이야기해요."

"그래. 정말 고마웠어…… 그럼, 또 만나자."

마더 고타쓰는 비행 마법으로 둥실 떠올랐다.

그리고 로라 일행이 손을 흔드는 가운데 북쪽을 향해 날아갔다.

그의 여행이 어떤 것이 될지는 아무도 모른다.

그러나 여행이란 그런 것이다.

로라도 모험가 학교에 갓 입학했을 때는 기대와 불안이 반반이었다.

지금은 하루하루가 견딜 수 없이 즐겁다.

마더 고타쓰의 여행도 즐거운 것이기를―.

제7장 마다 고타쓰의 모험

마더 고타쓰는 북쪽을 향해 계속 날았다.

팔레온 왕국의 왕도를 떠난 지 꼬박 하루가 지났다.

세계 지도를 모르는 마더 고타쓰는 자신이 어느 나라의 상공을 날고 있는지조차 모른다.

그러나 눈 아래가 온통 새하얗게 물들어 있는 것을 보면, 팔레온 왕국에서 훨씬 북쪽까지 왔다는 것만은 알 수 있다.

기온도 낮다.

고대 문명 시대의 겨울에 맞먹는다.

이 정도로 춥다면 봄까지 자는 게 낫다고 생각하는 사람도 있지 않을까.

그렇게까지 극단적이지 않더라도 추위가 누그러들 때까지 따뜻한 곳에 숨고 있고 싶다고 생각하는 사람은 많을 거다.

마더 고타쓰는 도시나 마을을 찾아 빙빙 돌았다.

그때 눈밭에 한 사람이 쓰러져 있는 게 아닌가.

고도를 낮춰 접근하자, 그것은 소녀였다.

샬롯보다 살짝 위일까.

"이런 곳에 쓰러져 있으면 얼어 죽어. 내가 나설 차례야!"

마더 고타쓰는 작은 고타쓰를 소환해, 소녀의 몸을 덮었다.

그리고 풀가동했다.

소녀의 몸을 데워 단숨에 기운을 회복시켰다.

어깨 결림, 요통, 냉증, 신경통, 근육통, 관절통, 식욕 부진 따위를 해소하는 효과를 단숨에 걸었다.

소녀가 그런 증세에 시달리고 있는지는 분명하지 않지만…… 어쨌든 쌩쌩해졌다.

"앗?! 여기가 어디야?! 이 물체는 대체……?"

눈을 뜬 소녀는 고타쓰에서 머리를 내밀었다.

그와 동시에 자신의 눈앞에 있는 마더 고타쓰를 보고 기겁을 했다.

"뭐, 뭐뭐뭐뭐! 뭐야, 이 거대한 이불 괴물은?!"

"거대한 이불 괴물이라니 무례하군. 나는 마더 고타쓰. 고대 문명이 만든 치고의 난방 기구야. 팔레온 왕국의 여왕과 대현자도 인정했어."

여왕에게 받은 소개장은 마더 고타쓰의 안쪽 주머니에 잘 들어 있다.

그것은 부유 마법으로 소녀의 앞으로 날렸다.

"팔레온 왕국이라면 남쪽에 있는 대국……?"

"음. 그것은 여왕과 대현자가 같이 이름을 쓴 소개장이다. 이제 나를 믿겠어?"

"이, 이게 진짜라면 굉장해……. 아니, 애초에 이렇게 거대한 탁자인지 이불인지 모를 물체가 말하고 있는 것 자체가 굉장해!"

"탁자인지 이불인지 모를 물체가 아니야. 나는 고타쓰를 지배하는 자. 마더 고타쓰야."

"마더 고타쓰. 당신, 난방 기구라고 했지? 그럼, 우리 마을 사람들을 따뜻하게 해줘!"

소녀는 필사적으로 애원했다.

사람을 따뜻하게 하는 것은 고타쓰의 본분이다.

거절할 이유는 없다.

"좋아, 알았어."

"앗, 날았어!"

마더 고타쓰는 자신과 그리고 소녀를 감싼 고타쓰를 공중에 띄웠다.

이 추위에 밖으로 보내면 소녀가 얼어버리므로 고타쓰에 소녀를 넣은 채다.

로라 일행은 하늘을 나는 데 익숙했지만, 이 소녀는 아닌 모양이다.

자신의 몸이 떠 있는 사실에 눈을 희번덕거렸다.

"그래서, 어디로 가면 되지?"

"이, 이 길을 곧장 가면 돼……!"

"그래…… 음, 잠깐."

"왜 그래?"

"누군가에게 감시당하고 있는 느낌인데…… 내 착각인가."

주위를 살펴도 움직이는 물체는 없었다.

경계하면서 소녀의 마을로 향했다.

나아가는 중에 눈이 내리고 눈보라가 치기 시작했다.

앞이 보이지 않는다.

마더 고타쓰는 전방위로 미약한 마력을 뿜어 주위를 살피면서 나아갔다.

인간이었다면 조난당했을 것이다.

그리고 체온을 빼앗겨 순식간에 죽었으리라.

"얘야, 내가 마침 지나가던 중인 게 행운이었어. 이렇게 추우면 실내라도 괴로울 거야."

"맞아. 전에는 이 정도로 춥지는 않았는데…… 이 근처에 아이스 와이번이 터를 잡아버렸어. 그 녀석은 존재 자체만으로 주위의 기온을 떨어뜨려. 그러니까 내가 쫓아내야 해!"

"네가?"

"그래. 난 이래 봬도 모험가거든."

듣고 보니, 허리에 칼을 차고 있었다.

그러나 별로 강해 보이지는 않는다.

혼자서 아이스 와이번과 싸우는 것은 무모하다고 할 수밖에 없다.

"저기가 우리 마을이야."

소녀가 가리킨 방향. 눈보라 속에 마을 같은 것이 어렴풋이 보였다.

당연히 사람의 모습은 없었다.

"작은 마을이지만 그래도 30채는 있군. 뭐, 이 정도면 문제없어."

"아—."

마더 고타쓰는 백 개가 넘는 고타쓰를 소환했다.

그리고 집이라는 집의 현관을 뚫고 들어가 안에 있는 사람들을 감싸게 했다.

"와—!"

"꺄앗—!"

"이상한 물체가 습격했어—!"

집마다 비명이 터져 나왔다.

그러나 그것은 머지않아 잠잠해졌다.

"좋았어. 이걸로 모두 고타쓰 안에 넣었어. 어떤 한파가 몰아쳐도 끄떡없어."

"아니, 아니! 현관을 부수면 어떡해!"

"안 돼? 그럼 무슨 수로 사람들을 고타쓰로 감싸지?"
"그건…… 집마다 돌면서 현관을 열어달라고 한 다음에."
"그런 짓을 하는 사이에 누군가가 얼어 죽으면 어쩌려고."
"윽. 그럼, 적어도 노크라도 해. 박치기를 할 수 있으면 노크도 할 수 있잖아!"
"흠. 그런 방법이 있었군. 참고가 됐어."
"……미치겠네."
마더 고타쓰와 소녀는 근방의 집 안을 확인했다.
모두가 고타쓰 안에 감싸여 행복한 듯이 늘어져 있었다.
"다행이다. 아빠 엄마도 따뜻해 보여."
"도움이 돼서 기쁘군."
혹시 몰라 고타쓰 몇 개를 공중에 대기시키고, 인간이 나타나면 자동으로 덮도록 설정해뒀다.
이로써 놓친 사람이 있어도 얼어 죽게 할 걱정은 없다.

※

"……있잖아, 마더 고타쓰. 너는 강해?"
"그래. 강하다."
"그럼…… 아이스 와이번을 쓰러뜨리는 걸 도와줘! 나 혼자서는 어떻게 할 수가 없어!"

소녀는 자초지종을 설명했다.

소녀는 이 마을 출신이지만, 모험가가 되기 위해 좀 더 큰 도시로 떠났었다.

모험가로서 나름대로 활약을 펼쳐 C랭크까지 올랐다.

모험이 너무 즐거워 마을에 몇 년이나 돌아오지 않고 지냈다.

그러던 중, 고향 마을 근처에 아이스 와이번이 살기 시작했다는 소문이 들려왔다.

아이스 와이번은 강력한 B랭크 몬스터다. 같은 B랭크 모험가가 아니면, 일대일로 싸워서 이기는 것은 거의 불가능하다.

모험가를 고용해서 아이스 와이번을 쓰러뜨리려면 무척 많은 돈이 든다.

이 마을에 그런 여유는 없었다.

소녀는 서둘러 마을로 돌아왔다.

그리고 소문이 사실임을 알았다.

아이스 와이번이 내뿜는 한파는 집 안에 있어도 얼어버릴 만큼 차갑다.

고향 사람들이 죽기 전에 어떻게든 아이스 와이번을 쓰러뜨려야 했다.

그렇게 결심한 소녀는 혼자서 아이스 와이번에게 도전하러 떠났다가 한파를 이기지 못하고 기절했다.

그 순간을 마더 고타쓰가 발견한 것이다.

“흠. 아이스 와이번과 싸우지조차 못했군.”

“……맞아. 하지만 이렇게 고타쓰 안인 채라면 한파에 지지 않고 하늘을 날 수 있어!”

“좋아. 나는 사람들에게 도움이 되기 위해 여행을 하고 있어. 그 아이스 와이번인가를 쓰러뜨려주지.”

“정말?! 고마워!”

소녀는 고타쓰에서 두 손을 빼, 합장하듯이 고마움을 전했다.

그때 마더 고타쓰는 또 누군가에게 감시당하는 듯한 느낌을 받았다.

그러나 마력을 쏴 살펴도 아무것도 걸려들지 않았다.

역시 기분 탓일까.

그런 불안을 안고, 아이스 와이번이 있는 곳으로 향했다.

아이스 와이번은 숲속에 있었다.

마침 불곰을 머리부터 통째로 먹고 있는 중이었다.

그 정도로 거대한 몸집이었다.

마더 고타쓰도 집채만 한 크기지만, 상대도 막상막하다.

“녀석의 온몸에서 엄청난 냉기가 뿜어져 나오고 있어. 이 지역 전체가 추워지는 것도 당연해. 이래서는 봄을 기대할 수 없어.”

"어떻게 쓰러뜨릴 거야?"

"일단 내가 위를 덮쳐서 꼼짝 못 하게 할게. 아이스 와이번은 냉기를 좋아하는 몬스터인 모양이니, 내 온기에 늘어지는 일은 없겠지만…… 반대로 열로 약하게 만들겠어. 내가 신호하면, 너는 검으로 숨통을 끊어."

"알았어!"

작전을 실행했다.

마더 고타쓰는 하늘에서 아이스 와이번을 덮쳤다.

"캬오오오오옹!"

불시의 습격을 피하지 못하고, 아이스 와이번은 마더 고타쓰의 낙하에 비명을 질렀다.

그리고 치명타를 입혔다.

마더 고타쓰는 방대한 열을 내뿜어 아이스 와이번의 살갗을 태웠다.

아이스 와이번이 열기를 피하려 날뛰었지만, 마더 고타쓰는 비행 마법을 역방향으로 걸어, 자신의 몸을 땅 쪽으로 밀어붙였다.

그러고 있는 사이, 아이스 와이번은 축 늘어지기 시작했다.

"소녀. 지금이야!"

"알았어!"

소녀는 고타쓰에서 뛰쳐나와, 검을 겨누고 달려왔다.

그리고 쓰러져 있는 아이스 와이번의 정수리를 향해 검을 내리쳤다.

순간—.

"크오오오오옹!"

아이스 와이번이 마지막 힘을 쥐어짜듯 혼신의 힘으로 일어났다.

마더 고타쓰는 훌렁 날아가 뒤집혔다.

소녀도 나동그라졌다.

"위험해! 고타쓰 속으로 들어가! 얼기 전에 어서!"

마더 고타쓰가 외쳤지만, 소녀는 기절해 있었다.

이렇게 된 이상 고타쓰가 소녀를 덮는 수밖에 없다.

그러나 늦었다.

아이스 와이번은 소녀를 통째로 집어삼키려 크게 입을 벌렸다.

그때.

"""파자마레인저, 등장!"""

수수께끼 삼인조가 나타나, 아이스 와이번의 배를 걷어찼다.

"캬이잉!"

아이스 와이번은 데굴데굴 굴러, 거대한 바위에 부딪히고 멈췄다.

"너, 너희는……."

그곳에 서 있던 것은, 세 명의 소녀였다.

개, 고양이, 토끼의 형상을 본뜬 동물 옷을 입었다.

"후후후. 아무래도 걱정이 돼서 따라왔어요."

"우리가 아이스 와이번을 날려버린 건 비밀이야."

"저희는 아이스 와이번과 싸운 게 아니에요. 진행 방향에 있어서 우연히 부딪친 것뿐이에요. 교칙 위반이 아니에요."

소녀들은 그런 말을 했다.

아무튼.

"고마워. 낯선 소녀들. 덕분에 살았어."

"……아?"

"혹시, 파자마레인저의 변장이 마더 고타쓰한테는 효과가 있나?"

"이건 행운이에요! 좋은 기회니 한 번 더 박치기해요!"

세 소녀는 다시 아이스 와이번에게 부딪쳤다.

"자! 아이스 와이번은 완전히 약해졌어요. 마더 고타쓰 씨. 지금이야말로 숨통을 끊어요!"

"알았다!"

마더 고타쓰는 아이스 와이번을 감싸고, 열을 풀가동했다.

그 표면을 노르스름하게 태워, 이번에야말로 쓰러뜨렸다.

"해냈다! 마더 고타쓰 씨는 강하네요!"

"너희가 도와준 덕이야…… 그나저나, 내 이름을 알고 있다니, 누구냐?"

"그건 비밀이에요!"

“마더 고타쓰가 혼자 쓰러뜨린 거로 해. 우리는 여기에 안 온 거야.”

“맞아요. 그럼, 안녕히!”

세 소녀는 슝 하고 돌풍을 일으키면서 달려갔다.

그야말로 폭풍 같은 삼인조였다.

“역시 세상은 넓어…….”

마더 고타쓰는 절실히 중얼거렸다.

얼마 후 눈을 뜬 모험가 소녀와 함께 마을로 돌아왔다.

아이스 와이번이 죽음으로써 냉기가 옅어져 있었다.

아직 춥지만, 이 정도면 고타쓰가 없어도 죽지는 않으리라.

마더 고타쓰는 고타쓰들을 회수했다.

그러자 집에 있던 마을 사람들이 밖으로 나왔다.

소녀는 그들에게 마더 고타쓰가 아이스 와이번을 쓰러뜨렸다고 알려주었다.

“세상에! 고대 문명의 유물인 겁니까!”

“팔레온 왕국의 여왕과 대현자가 보증한 거면 진짜야.”

“당신을 작게 만든 것 같은 것이 냉기로부터 우리를 지켜준 걸 기억해. 당신은 마을의 구세주야.”

“어쩐지 어깨 결림과 요통이 가벼워진 느낌이야~.”

마을 사람들은 저마다 마더 고타쓰를 치켜세웠다.

그 열렬한 환영에 당황하면서도 사람들에게 도움이 되는 것은 멋진 일임을 마더 고타쓰는 새삼 실감했다.

그건 그렇고.

그 수수께끼 삼인조는 누구였을까.

혹시—.

“후후. 설마.”

팔레온 왕국에서 신세 진 소녀들을 떠올리면서, 마더 고타쓰는 다음 곤란에 처한 사람들을 찾기 위해 길을 떠났다.

■작가 후기

오랜만입니다, 넨쥬무기챠타로입니다.

마법 적성 9999가 드디어 7권이라네요! 7은 왠지 운이 좋은 숫자라서 좋습니다.

자. 이번 7권. 고대 문명의 고타쓰라는 아리송한 것이 나와서 활약합니다만, 원고를 쓸 때는 봄이었습니다.

언제 출간될지 전혀 모르는 채로 썼습니다만, 마침 이렇게 추운 시기에 발매되었습니다.

춥습니다. 이것도 고대 문명의 기술력의 기술력일까요?!

그렇습니다. 춥다고 하면 감기입니다. 여러분, 감기에는 주의해 주세요.

덧붙여 저는 감기에 걸려 코를 훌쩍이면서 이 후기를 쓰고 있습니다.

애초에 어쩌다 감기에 걸렸냐 하면, 며칠 전에 오사카로 여행을 갔었습니다.

고등학교 수학여행 이후로 처음 타는 비행기에 살짝 흥분하고, 쓰텐카구(通天閣)에 올라 야경을 구경하고, 구시카쓰와 다코야키를 먹으면서 맥주를 마시거나, 아리마 온센에서 온천을 하며 아주 즐거운 여행을 보냈습니다.

그리고 아오모리 현에 돌아와서…… 기온 차에 시달렸습니다.

아아, 오사카는 덥더군요. 10월인데도 30도 가까운 기온이었습니다. 반면, 아오모리 현은 20도입니다.

인간은 환경의 변화에 약한 동물입니다…….

(참고로 아오모리 현 사람들은 추워지면 난로로 방 전체를 데워서, 고타쓰는 별로 쓰지 않습니다. 저도 갖고 있지 않습니다.)

다른 이야기입니다만, 이 7권이 나오고 한 달 뒤에 코믹판 2권도 발매되는 모양입니다.

원작 1권의 클라이맥스인 교내 토너먼트가 iimAn 선생님과 이죠 선생님 두 콤비에 의해 박력 넘치게 그려졌습니다.

원작과 코믹판 각자 다른 장점이 있으니 비교해서 읽어주시면 좋겠습니다.

그럼 여러분. 8권에서 또 만나요!

검사를 목표로 입학했는데 마법 적성 9999라고요?! 7

초판 1쇄 발행 2019년 9월 10일

지은이_ Mugichatarou Nenjuu
일러스트_ Riichu
옮긴이_ 김보미

발행인_ 신현호
편집장_ 김은주
편집진행_ 최은진 · 김기준 · 김승신 · 원현선 · 권세라
편집디자인_ 양우연
국제업무_ 정아라 · 전은지
관리 · 영업_ 김민원 · 조은걸 · 조인희

펴낸곳_ (주)디앤씨미디어
등록_ 2002년 4월 25일 제20-260호
주소_ 서울시 구로구 디지털로 26길 111 JnK디지털타워 503호
전화_ 02-333-2513(대표)
팩시밀리_ 02-333-2514
이메일_ lnovelpiya@naver.com
L노벨 공식 카페_ http://cafe.naver.com/lnovel11

ISBN 979-11-278-5220-7 04830
ISBN 979-11-278-4376-2 (세트)

값 9,000원

속 이 멋진 세계에 폭염을! 1~2권

아카츠키 나츠메 지음 | 미시마 쿠로네 일러스트 | 이승원 옮김

『도적 모집. 정의를 위해서라면 범죄행위도
불사할 만큼 의욕 넘치는 분 한정.』

에리스 감사제 때 만난 은발도적단을 동경하게 된 메구밍은
그들을 (멋대로) 돕기 위해 도적단을 결성한다.
도적단의 멤버는 만년 외톨이인 융융, 세상물정 모르는 왕녀 아이리스,
아쿠시즈교 프리스트 세실리. 하나같이 알아주는 문제아인데…….
그래도 악독한 귀족에게 따끔한 맛을
보여주기 위해 도적 활동을 시작하지만?!

메구밍 캐릭터 인기투표 1위 기념 기획
대망의 서적화!

NOVEL

라이트노벨의 새로운 빛! L노벨의 신간은 매월 10일에 발매됩니다. http://cafe.naver.com/lnovel11